문학이
태어나는
자리

문학이
태어나는
자리

이승수 지음

산처럼

문학이 태어나는 자리

지은이 이승수
펴낸이 윤양미
펴낸곳 도서출판 산처럼

등 록 2002년 1월 10일 제1-2979호
주 소 서울시 종로구 내수동 72번지 경희궁의 아침 3단지 오피스텔 412호
전 화 725-7414
팩 스 725-7404
E-mail sanbooks@paran.com

제1판 제1쇄 2009년 1월 25일

값 9,500원

ISBN 978-89-90062-34-5 03810
* 잘못된 책은 서점에서 바꾸어 드립니다.

🍃 훌륭한 샤먼은 저승을 여행하여 죽은 이들의 말씀을 산 자들에게 들려주고, 아름다운 사제司祭는 거룩한 신을 낮고 어두운 곳으로 모신다. 샤먼으로 인해 저승과 이승 사이에 길이 놓이고, 산 자와 죽은 자 모두 가슴에 맺힌 원한寃恨을 푼다. 사제의 힘으로 가난하고 미천한 사람들도 신의 따스한 목소리를 듣게 된다. 이들처럼 탁월한 비평가는 위대한 예술의 세계를 평범한 사람들의 마음속에 전해준다. 사람들은 배달된 두부로 된장찌개를 끓이듯, 예술작품으로 자기 삶의 밭을 가꾸게 된다.

오래 전부터 문학을 일상 삶의 차원으로 끌어오는 일을 생각했다. 그러기 위해서는 문학에서 복잡한 기교와 더불어 '위대함'이라는 선입견을 덜어내야 했다. 이를테면 이런 것이다. 『홍길동전』에서는 가정불화와 청소년의 가출을, 『허생전』에서는 심각하게 전업을 고민하는 학자의 절망을 읽었다. 『카라마조프 형제들』에서는 도스토예프스키의 가난과 간질병을, 『변신』에서는 카프카의 아버지 콤플렉스와 수모감을 생각했다. 『수호전』에서 공명한 것은 버려진 인재에 대한 연민과 부패한 권력에 대한 분노였다. 불화와 절망, 질병과 콤플렉스, 그리고 분노와 수모는 모두 나와 이웃의 삶 그 자체가 아닌가!

이러한 것들이야말로 '문학이 태어나는 자리'이면서, '문학이 돌아가야 할 자리'이다. 삶에서 문학이 태어나고 문학은 다시 삶을 낳는다. 문학에서 이런저런 장치를 걷어내고 나면 삶이 남는다. 나무가 하늘을 향해 올라도 땅에 뿌리를 박고 있고, 천리를 나는 새들도 끝내는 땅 위에서 안식하는 것처럼, 문학도 제아무리 훌륭한 것이라 한들 삶에서 태어나 삶으로 돌아가게 마련이다. 삶은 문학의 뿌리이자 귀의처인 것이다. 그러니 삶을 빼버리면 문학은 기댈 곳이 없어진다. 문학작품을 읽을 때 눈은 글자를 따라가도 마음은 그 글자가 태어난 삶의 지점에 가 있는 이유이다.

문학은 삶이라는 집에 달려 있는 창문이고, 삶의 밭 사이에 나 있는 두둑길이다. 사람들은 문학이라는 창문을 통해 삶을 엿보고, 문학이라는 길 위로 삶을 가로질러 간다. 이 책은 문학이라는 창으로 삶을 엿보고, 밭 사이에 나 있는 길을 거닐며 삶을 돌아본 이야기이다. 삶을 입론의 기준으로 삼았으니, 갈래와 시대, 언어와 국적 등은 문제 삼지 않았다. 나는 나의 눈길이 낳고 마음이 미치는 바 문학으로 삶을 이야기한 것이다. 독자들 또한 이 책을 읽으며 각자의 삶과 문학을 되돌아보기 바란다. 그러면 바로 그 자리에 새로운 '삶과 문학의 세계'가 세워질 것이다.

작은 책이 한 권 나오는 데도 여러 인연이 작용했다. 경향신문의 조운찬 북경특파원은 연재 지면을 마련해주었다. 원고가 완성될 때마다 아내와 누이와 어머니가 차례로 읽어주었다. 내 글의 몇 안 되는 소중한 고정 독자들이다. 원고의 많은 부분을 경희대학교 혜정박물관에 몸담고 있으면서 쓸 수 있었다. 김혜정 관장님을 비롯한 박물관 식구들이 늘 따스하게 대해주어 많은 힘을 얻었다. 무엇보다도 이 책의 주인공이 되어준 수많은 작가와 작품들, 이들로 인해 동서고금의 사람들이 대화를 나누며 마음을 주고받을 수 있었다. 이 모든 분들께 감사드린다. 산처럼 윤양미 대표와의 약속을 지킬 수 있게 되어 다행이다.

당나라 때 원진元稹은 시를 지으면 먼저 이웃집 할머니에게 보여 끄덕이는 모습을 본 다음에 발표했고, 조선시대 김만중은 어머니를 위해 『구운몽』을 지었다고 한다. 이들이야말로 아름다운 샤먼이고 사제이다. 사람들에게 문학을 전해주는 우체부이다. 나도 이들처럼 주위 사람들에게 문학을 배달하고 싶다. 내가 배달한 문학이 사람들의 집에 일점 향기가 되었으면 좋겠다. 눈인사를 하며 스쳐가는 이웃들, 가끔 순댓국에 소주잔을 기울이면서도 내가 뭘 하는지는 잘 모르는 친구들, 그리고 소박하지만 건강한 세계를 꿈꾸는 이들이 이 책을 읽어주면 좋겠다.

단기 4341년 나뭇잎들이 뿌리로 돌아가는 계절
사림문로史林文路의 산책자 삼가 쓰다

문학이 태어나는 자리 _차례

그대 삶은 모두 문학의 자궁

🦋 생텍쥐페리(1900~44)가 비행기 사고를 당해 병실에 누워 있을 때의 이야기이다. 막 의식을 회복한 그는 아내에게 커피 한 잔을 부탁했다. 커피를 탄 아내는 아직 마실 수는 없다며 커피 잔을 남편의 코끝에 대주었다. 생텍쥐페리는 커피 향을 음미하고는 만족스러운 표정으로 다시 잠들었다고 한다.

85세의 노인은 나흘 밤낮의 사투 끝에 뼈만 남은 물고기를 끌고 온 뒤 피로를 못 이겨 잠이 들었다. 소년은 노인의 가슴에 귀를 대보고, 상처 난 그의 두 손을 보고 눈물을 흘리기 시작했다. 소년은 울음을 터뜨렸고, 문밖을 나와 내내 울었으며, 테라스에 가서 커피 한 깡통을 달라며 말할 때도 울먹였다. "뜨겁게 해서, 밀크와 설탕을 듬뿍 넣어주세요." 이건 헤밍웨이(1899~61)의 『노인과 바다』 마지막 장면이다.

나는 그다지 커피를 즐기는 편이 아니고, 더구나 커피에 대해 잘 알지도 못한다. 그래도 누군가 "차 뭘로 드릴까요?" 하고 호의를 베풀면 예외 없이 커피를 찾는다. 엊그제 고문적을 뒤적이고 있는데 사무실 동료가 종이잔을 건네며 말한다. "우유를 듬뿍 넣은 수제 커피예요!" 나는 순간 행복해졌다. 나의 커피에는 생텍쥐페리가 맡았던 향기가 배어 있고, 노인을 생각하는 소년의 마음, 그리고 동료의 따스한 격려가 들어 있다.

　많은 사람들처럼 나도 비를 좋아한다. 봄날 새벽 살며시 찾아오는 비는 특히 반갑다. 어느 봄날 새벽이었다. 현실과 꿈 사이로 틈을 내어 빗소리가 기어 들어왔다. 처사의 고적한 산방에 옛 벗이 짚고 오는 지팡이 소리, 한겨울 한밤중 사각사각 눈이 앉는 소리와도 같았다. '아 비가 오는구나!' 나는 이불 속에서 한참이나 그 소리에 탐닉하며 행복감을 만끽했다. 그날 아침 나는 아래 두 구절을 얻었다.

　　손님은 차마 문 두드려 깨우지 못하고
　　토닥토닥 마당을 거닐고 있다.

　이 구절은 어디에 적어두지도 않았는데 몇 년이 지나도록 생생하게 기억에 남아 있다. 그날 새벽의 느낌이 하도 청아했던 때문이다. 살다 보면 누구나 이렇듯 예기치 않게 맑은 시 한 구절을 얻는 날이 있는 법이다.

매화꽃 졌다 하신 편지를 받자옵고
개나리 한창이란 대답을 보내었소
들이 다 봄이란 말은 차마 쓰기 어려워서.

— 이은상, 「개나리」

매화는 겨울 끝에 피는 꽃이니 매화가 졌다 함은 봄이 왔다는 말이고, 개나리는 봄의 처음에 피는 꽃이니 개나리가 피었다 함도 봄이 왔다는 말이다. 하지만 그냥 아무렇게나 누구나 다 쓰는 말로 "봄이 왔소!"라고 말할 수가 없다. 너무 특별하고 너무나도 소중하면 그런 법이다. 사랑하는 마음이 지극하면, 그냥 심상하게 "사랑한다!"라고 말할 수 없어 자기 마음을 담아 전할 표현을 고심한다. 먼 길을 떠나는 사람에게 "잘 가!" 한마디로 끝내지 못하는 것도 마찬가지. 그래서 장미꽃을 품에 안겨주고, 밤새 고심하여 지은 시를 주며 전송한다. 표현의 수준이나 효과의 득실, 그리고 상징이니 은유니 하는 방법은 그 다음 문제이다.

815년 6월 백거이白居易(772~846)는 멀리 강주江州의 외직으로 좌천됐다. 이듬해 그는 심양강潯陽江의 포구에 들렀다가 배 위에서 들려오는 애절한 비파 소리를 들었다. 비파 연주의 주인공은 상인의 아내였다. 그녀는 장안의 기녀 출신으로 젊은 시절을 화려하게 보냈지만, 늙어서는 장사꾼에게 몸을 의탁한 초라한 신세가 되고 말았다. 그나마 남편은 장사에 바빠 아내를 돌보지 않는다. 백거이는 곡절 많은 그녀의 이야기를 듣고는 비감한 마음을 이기지 못해 88행이나 되는 긴 노래

「비파행琵琶行」을 지어주었다. 여기에 이런 구절이 있다.

> 스르렁 스렁 줄 고르는 두어 소리에　　轉軸撥絃三兩聲
> 곡조도 이루기 전 정 먼저 일어나네　　未成曲調先有情

백거이와 같은 해에 태어난 유우석劉禹錫(772~842)도 벗에게 보낸
시에서 이렇게 말했다.

> 마시기 전 마음이 먼저 취하고　　未飮心先醉
> 바람결에 그리움 짙어만 가네　　臨風思倍多

그 사람을 만난다는 사실만으로 가슴이 설레고, 거기에 닿기도 전
에 마음이 들뜨는 일이 있다. 웃지 않으려고 맘먹으면 어떤 코미디에도
웃지 않을 수 있지만, 어떤 경우에는 심상한 대중가요 가사에도 깊이
공명하기도 한다. 사랑은 사랑할 준비가 되어 있는 사람에게 찾아오고,
감동도 미리 가슴을 달궈놓은 사람에게서만 일어나는 법이다. 술에 대
취하는 날은 예외 없이 마음이 먼저 취했던 날이다. 안 취하려 맘먹으
면 몸도 술을 받지 않고 마셔도 아니 취한다. 곡절 많은 여인이 비파를
타기 위해 스르렁 스렁 줄 고르는 소리만으로도 쫓겨난 신하 백거이
의 마음은 이미 들썩거렸고, 벗에 대한 그리움이 일자 술에 앞서 유우
석의 마음이 먼저 취했다. 설렘, 그것은 미리 취하는 마음인 것이다.

심노숭沈魯崇(1762~1837)은 서른한 살 되는 해 아내를 잃었다. 아내

신윤복, 「거문고 줄매기」, 19세기 초, 29.7×24.8cm, 국립중앙박물관 소장.

는 새로 짓는 집 주변에 많은 꽃과 나무를 심고 싶어했다. 심노숭은 아내를 새 집 가까이 묻고, 아내의 생전 소망을 생각하며 그 주변에 많은 나무를 심기 시작했다. 죽은 뒤 무궁한 세월을 아내와 함께 즐기고 싶었던 까닭이다. 이를 보던 사람들이 안쓰러워 한마디 했다. "살아갈 생각은 안 하고 사후의 계책만 세우는구려. 죽으면 알지 못하는데 뭘 계획한단 말이오." 이에 심노숭은 발끈하여 쏘아붙였다. "죽으면 알지 못한다니 그게 대체 말이 되오!"(「신산종수기新山種樹記」) 이후에도 심노숭은 아내를 그리며 수십 편의 감동적인 시문詩文을 지었으니, 그건 저승의 아내에게 닿으려는 간절한 마음의 소산이다. 지성이면 감천이라 하지 않는가.

문학이란 생의를 느끼게 해주는 커피 향이고, 우유와 설탕이 듬뿍든 머그잔 커피이며 어느 새벽 불현듯 마음을 씻어주는 빗소리이다. 커피 없어도 사는 데 아무 지장이 없지만, 살랑거리는 그 향이 삶의 의욕을 불러일으키고 머그잔 가득한 달콤한 커피가 삶을 생동하게 한다. 문학이 그렇지 않은가? 이 문학은 도대체 어디에서 오는가? 봄을 두고도 봄이라고 '차마 말하지 못하는 마음', 생각만 해도 눈물이 나거나 가슴이 두근거리는 '미리 취하는 마음, 즉 설렘', 그리고 누군가에게 '간절하게 닿으려는 마음'에서 잉태된다. 사람이면 누구나 지니고 있는 마음에서 잉태된 문학은 천지간의 고운 언어의 옷을 입고 세상에 나타나 세상 사람들 사이를 소통시킨다. 실로 문학이 있어 나와 너, 산 자와 죽은 자, 먼데 사람과 여기 사람이 마음을 나눌 수 있는 것이다.

유득공은 이덕무의 『청비록淸脾錄』에 붙인 서문에서 이렇게 말했다. "옛적부터 시를 짓는 사람과 시를 말하는 사람이 있었는데, 시를 짓는 사람은 여항의 아녀자들이라도 안 될 것이 없지만, 시를 말함에 있어서는 슬기롭고 통달하여 감식력이 있는 사람이 아니면 되지 않는 것이다." 시인을 깎아내리려 함이 아니라 시를 알기 어려움을 말한 것이다. 천리마는 언제나 있지만 그 자질을 알아보는 자는 늘 있는 것이 아니라는 한유의 말처럼, 세상에 좋은 시가 없는 것이 아니라 제대로 된 감식안을 지닌 평자가 드물 뿐이다. 이덕무(1741~93)는 『청비록』의 첫머리에 당나라의 승려 관휴貫休의 시를 실었다.

하늘과 땅 사이 맑은 기운이 있어	乾坤有淸氣
흩어져 시인 비장에 스미어드네	散入詩人脾
천 사람 억만 사람 많은 중에도	千人萬人中
한두 사람 정도가 알 수 있을까	一人兩人知

세상에 만나기 어려운 게 나를 알아주는 사람이다. 오죽하면 공자도 "하늘도 원망 않고 남도 탓하지 않는다. 나를 알아주는 이는 오직 하늘뿐이로다! 不怨天, 不尤人, 知我者, 惟天乎!"라고 탄식하지 않았던가. 제齊나라를 열국의 패자覇者로 만들어 천하를 호령했던 관중管仲도 포숙아를 만나지 못했다면 무명 필부로 스러져갔을 것이다. 시인이 천지간의 맑은 기운을 받고 양공良工의 고심으로 서너 줄 시를 지어내고, 세상에 이 시를 말하는 사람들이 많아도, 실상 제대로 아는 사람은 한둘 겨우 있다는 말이다. 좋은 시도 무식한 인간을 만나면 평생 쌀겨 가

마나 지고 다니다가 죽어가는 천리마의 운명에 처하기 십상이다. 어찌 보면 시에 관한 숱한 정보들은 그 시의 안방에는 들어가보지도 못하고 울 밖을 배회하며 집안을 기웃거리는 객들의 웅성거림일지도 모른다. 거기에 다시 현학적인 말들로 덧칠을 하니, 시는 늘 우리 삶과 겉돌게 마련이고, 문학을 이야기하는 교실은 난수표를 해독하는 고통의 시간이 된다.

　문학작품은 때로 대단하고 위대하지만, 그것이 잉태되고 탄생하는 지점은 누구에게나 있는 소박한 것이다. 누구에게나 문학의 풍경이 있고, 또 모든 사람들은 스스로 의식하든 못하든 문학을 동경하며, 때로 문학에서 삶의 상처를 치유하고 희망을 얻는다. 오랜 세월 문자의 벽이, 입시를 위한 학교 교육이, 폐쇄적이고 권위적인 문단이라는 조직이, 자기 권위의 유지를 위해 특수한 훈련을 받은 전문가만이 문학을 다룰 수 있다는 거짓 관념이 문학을 우리 삶에서 소외시켰을 뿐이다. 이 책에서 나는 문학의 갈래, 사조, 기법, 사상 같은 영역이 아니라, 문학이 우리네 삶의 어떤 지점에서 태어나고 그것이 보통 사람들을 어떻게 달래줄 수 있는가를 이야기할 것이다. 흔히 문학의 위기를 말하지만, 유사 이래 지금처럼 문학작품이 많이 나오고 많이 읽힌 시대는 없었다.

　유럽과 남미를 오가는 야간 우편 비행기의 조종사인 파비앵은 밤에 내려다보이는 풍경을 좋아했다. 야간에는 지상이 하늘이 되고 하늘이 지상이 될 때가 있다. 어둠 속에서 별이 반짝였다. 외딴집이다. 식탁에 팔꿈치를 괴고 있는 농부들은 등불이 그 검소한 식탁만을 비춘다고 생각할 뿐, 그 불빛이 80킬로미터 떨어진 곳의 사람에게도 전해진다는 사실을 알지 못한다.

문학이란 외딴집 농가의 식탁을 비추는 작은 등불과도 같다. 어느 누가 처음부터 세상을 환히 비출 글을 쓰려고 마음먹는가? 문학은 그저 상처받은 자기 영혼을 위안하거나, 술값이나 벌어보자는 심산이거나, 아니면 넘치는 흥분을 주체할 길 없어 드는 붓끝에서 태어날 뿐이다. 윤동주는 정말 나뭇잎이 바람에 떨리는 소리를 예민하게 느끼며, "잎새에 이는 바람에도 나는 괴로워했다"라고 썼을 뿐이다. 아마도 윤동주는 자기가 들었던 나뭇잎 떨리는 소리를 이후 대다수의 한국 사람들이 함께 들으리라고는 상상도 못했을 것이다.

윤동주(1917~45)의 「서시」와 생텍쥐페리의 『야간비행』을 누구나 쓸 수 있는 것은 아니지만, 한밤중에 풀벌레 울음소리에 잠을 이루지 못하거나, 가족과 함께 맛있는 저녁을 먹으려고 식탁에 불을 밝히는 것이야 우리네가 항용 겪는 일상이 아닌가! 문학작품의 근원을 거슬러 찾아가면 신비롭게 높은 산이 아니라 집 근처 아무데나 있는 야트막한 야산이 서 있고, 천재나 위인이 아니라 고뇌하고 번민하는 평범한 사람이 있을 뿐이다. 기적의 노예가 되고 싶은 사람이 신을 떠벌리듯, 울안에 들어가지 못한 사람이 그 집을 신비화하는 것이다.

> 병이 들면 풀밭으로 가서 풀을 뜯는 소는 인간人間보다 영靈해서 열 걸음
> 안에 제 병을 낳게 할 약藥이 있는 줄을 안다고
> 수양산首陽山의 어느 오래된 절에서 칠십七十이 넘은 노장은 이런 이야

기를 하며 치맛자락의 산山나물을 추었다.

— 백석, 「절간의 소이야기」

약은 먼데 있지 않다. 뒷산에서 얻은 내 병의 약이 히말라야 설산
에 있을 리 만무하다. "고르지 않으면 운다不平則鳴"고 했다. 문학은 삶,
삶의 균열에서 나온다. 처방의 수준에 따라 효과의 차이야 있겠지만,
문학작품은 최소한 자기가 태어난 지점의 아픔 정도는 달래줄 수 있다.
나는 이런 식으로 문학과 우리의 삶이 가까워지기를 바란다.

절망……

그래도 살아보라는 속삭임

🍃 겨울 오대산에 오르고 싶어 진부 가는 차표를 예매하다가 포기하고 눌러앉았다. 몇 차례 오대산은 절망에 빠진 나를 구해준 적이 있었다. 하지만 오늘은 지금 이 자리에서 견뎌보기로 했다. 그리고 그 절망을 말해보기로 했다. 침묵으로 서 있는 겨울 숲이 잘 보이도록 창문을 열고, 「귀촉도」로 시작하는 김두수의 노래가 흘러나오도록 했다. 대선이 끝난 뒤 정치면 기사를 훑어보며 말없이 한숨을 내쉬었다. 학원가에 있는 선배의 전화번호를 생각하며 전화기를 조물락거렸다. 이런저런 상념의 끝자락에 박지원(1737~1805)의 허생許生이 나타났다.

남산 아래 가난한 마을 낡은 초가에서 허생은 7년이나 글을 읽었다. 바느질품을 팔아 생계를 이어가는 아내의 원망어린 시선과 한숨을 애써 외면했지만, 불안감이 마음 한편에 차곡차곡 쌓이는 것까지 막을 수는 없었다. 그러다가 결국 도둑질도 못하냐는 아내의 말 한마디에 허생의 마음은 일거에 무너져버렸다. 그는 책을 덮고 거리로 나와 거부 변승업에게 만금을 빌려 일국을 좌우할 만한 재부를 얻었다. 정승 이완이 찾아와 대업의 방책을 물으면서 관습과 예법에서 한 치도 벗어나려 하지 않자, 분기를 이기지 못해 죽여버린다며 칼을 찾았다. 이 짧은 이야기에서 내게 먼저 다가오는 것은 허생의 눈물이다. 학자의 꿈을 담은 책을 덮을 때, 나라 경제의 허약함을 확인했을 때, 나라에 아무런 희망이 없음을 발견했을 때, 허생은 절망에 갇혀 만 가마의 눈물을 흘렸다. 「허생전」은 그 눈물의 바다 위에 떠 있는 조각배인 것이다.

입술을 깨물며 참고 있다고 숨겨진 눈물을 느끼지 못하거나, 말끔히 씻어냈다고 해서 눈물자국을 보지 못한다면 삶의 어느 지점에서 '너'와 만날 수 있을까? 그런 '특별한 만남'이 아니라면 「허생전」에 관한 이런저런 정보는 그야말로 부질없다. 신비롭고 의연한 허생의 행적에는 뜨거운 눈물이 감추어져 있고, 그 뜨거운 눈물을 따라가보면 시대와 자기 삶에 절망한 한 지식인이 서 있다. 「허생전」은 이 절망에서 태어난 것이다. 박지원은 절망의 상황을 피하거나 푸념하거나 냉소하지 않고, 끝까지 그 위에 발 딛고 서서 통찰하고 품었던 것이다. 그 모든 것을 간추리면 아마도 절망에서 벗어나려는 몸부림이 될 것이다. 혹 아직도 「허생전」이 우리에게 아름다운 존재라면, 그 이유는 모두 그 탄생의 내력에 있다고 보아야 한다.

어떤 알 수 없는 거대한 힘이 내 삶을 위협할 때가 있다. 더 이상 삶의 무게를 견디지 못하고 무너지는 순간이 있으며, 아니면 살아야 하는 마땅한 이유를 찾지 못하고 방황하는 시절이 있다. 우리는 언제나 이런 상황에 직면한다. 상처투성이의 몸이다. 마음인들 그렇지 않을까? 누구나 다 덮고 살 뿐이다. 성한 부분으로 상처를 덮고, 웃음으로 번민을 얼버무린다. 해야 할 일도 있고 책임도 있다. 그러다가 작은 균열로 삶의 일각이 무너지기 시작하면 걷잡을 수가 없다. 두 손을 놓아 버리고 싶다. 겉으로 보기에는 대소 경중의 차이가 있지만, 절망의 무게는 언제나 균질하게 다가온다.

北關에 게집은 튼튼하다
北關에 게집은 아름답다
아름답고 튼튼한 게집은있어서
힌저고리에 붉은 길동을달어
검정치마에 밫어입은 것은
나의 꼭하나 즐거운 꿈이였드니
어늬아츰 게집은
머리에 묵어운 동이를 이고
손에 어린것의 손을끌고
가펴러운 언덕길을
숨이차서 올라갔다
나는 한종일 서러웠다.

백석(1912~95)의 시 「절망」(1938)이다. 소년은 아름답고 튼튼한, 흰 저고리에 검정 치마를 입은 함경도 소녀를 혼자서 사랑했다. 마음속에 그녀의 자리를 만들어두었다. 너무도 순결하고 아름다워서, 흠이 갈까 생각만 해도 괜히 안타깝고 걱정이 앞선다. 그 마음을 나는 안다. 그러다가 소년은 (아마도 학업을 위해) 집을 떠나게 됐다. 몇 해 만에 집에 돌아오는데, 글쎄 그 소녀가 무거운 항아리를 이고 한 손에는 아이의 손을 잡고 게다가 가파른 언덕길을 올라가고 있지 않은가! 이 광경을 보는 순간 그는 문득 설움에 사로잡혔다. 사랑해서가 아니다. 자기가 그토록 소중하게 간직하고 있던 고운 모습이 여지없이 깨졌기 때문이다. 자기 마음속에서는 일점 때도 묻히지 않았는데, 현실에서 그 환상이 무참하게 일그러진 것이다. 동시에 자기 삶의 순수함도 산산조각이 났다. 이 시는 막 소년티를 벗어나는 청년의 절망에서 태어났다.

백석의 절망이 맑은 슬픔의 아름다움을 자아내는 것에 반해, 시대와 격렬하게 대결하고 지지 않기 위해 고심했던 김수영(1921~68)의 「절망」(1965)은 또 다르다.

풍경이 풍경을 반성하지 않는 것처럼
곰팡이 곰팡을 반성하지 않는 것처럼
여름이 여름을 반성하지 않는 것처럼
속도가 속도를 반성하지 않는 것처럼
졸렬과 수치가 그들 자신을 반성하지 않는 것처럼
바람은 딴 데서 오고

구원은 예기치 않는 순간에 오고

절망은 끝까지 그 자신을 반성하지 않는다.

　여기 나오는 풍경과 곰팡과 여름과 속도와 졸렬과 수치는 모두 독
자의 시선을 현혹시키는, 야구로 비유하면 일종의 유인구이다. 말에 휘
둘리면 영락없이 헛스윙이다. 이 말들은 이렇게 바꿔야 쉽게 이해할 수
있다. "부패는 부패를 반성하지 않고, 비열은 비열을 반성하지 않으며,
오만은 오만을 반성하지 않는다." 돌아보지 않으면 잘못을 알 수가 없
고, 잘못을 알지 못하면 개선하지 못한다. 세상은 좀처럼 나아지지 않
는다. 결정구는 마지막 한 구절, "절망은 끝까지 그 자신을 반성하지 않
는다." 이것이다. 한복판에 들어오는 155킬로미터짜리 돌직구이다.
　세상이 달라지지 않으면, 나의 절망도 그치지 않는다. 세상이 부조
리하다면 나는 순응하거나 타협하지 않고 끝까지 절망을 포기하지 않
을 것이다. 전혀 예기치 않은 시간과 방향에서 불쑥 나타나는 구원의
바람을 나는 인정할 수 없다. 이는 바로 시인의 비장한 자기 다짐이다.
시인의 책임을 다하기 위해 자기 영혼을 잠재우지 못했던 김수영이다.
이 시는 절망에서 태어나 비장하게 절망을 다짐하고 있는데도, 문득 현
실과 적당히 타협하여 대충 자리 잡고 누우려는 몸에 새로운 긴장을 주
입한다. 묘한 일이다.
　1917년 볼셰비키 혁명의 와중에서 모스크바를 떠나 멀리 우랄 지
역으로 쫓겨간 닥터 지바고는 감자 농사를 지으며 배춧국 한 그릇의 소
중함을 온몸으로 깨닫는다. 그리고 밤에는 늑대들이 우는 가운데 삶의

밀레, 「나뭇단을 진 여인」, 1858년, 27.5×29.5cm, 상트페테르부르크, 에르미타주미술관 소장.

희열을 느끼며 시를 썼다. 1953년 이반 데니소비치는 벌써 8년째 혹독한 라게리 수용소 생활을 견디는 중이다. 하지만 이 악명 높은 수용소에도 삶의 본능과 기쁨이 있다. 영하 30도에 이르는 추운 겨울 노역을 마치고 돌아온 뒤 받는 한 그릇의 뜨뜻한 국, 말도 못하고 군침을 삼키며 바라보다가 얻어 피운 한 모금의 담배연기는, 그에게 자유나 전 생애보다도 귀중하다. 밤 10시 이반 데니소비치는 행운의 연속이었던 하루에 감사하며 잠자리에 든다. 『닥터 지바고』(1957)와 『이반 데니소비치의 하루』(1962)는 모두 처절한 절망에서 사람들이 어떻게 삶을 길어올리는가를 잘 보여준다. 그리고 두 작품 모두 그러한 절망 속에서 잉태되고 탄생한 것이다.

누구의 삶인들 절망의 연속이 아니며, 누구의 사연인들 슬프지 않으며, 따지고 보면 살아 있는 것치고 허무하지 않은 게 어디 있을까? 이런저런 이유로 더 이상 삶을 버티기가 힘겨울 때, 어디선가 멀고도 깊은 곳에서 속삭이는 소리가 들려온다. 살아야 하지 않느냐고, 그래도 살아보아야 하지 않겠냐고. 우리는 그 목소리에 귀를 기울이며 살아간다. 문학이란 자기 삶을 사막에서 건져내는, 아니면 자기 상처를 치유하는 과정의 흔적에 지나지 않는다. 한데 그것이 때때로 자기와 비슷한 처지에 있는 사람들의 마음을 달래고 상처를 치유해주기도 한다. 놀라운 건, 아주 많은 세월이 지난 뒤에도 약효를 발휘하고, 지극히 멀리 떨어져 있는 사람들의 귀에도 달콤하게 들린다는 사실이다.

삶의 몫이 신에게서 인간으로 넘어온 뒤, 사람들은 삶의 무게에 시달려야 했고, 살아야 하는 이유도 스스로 발견해야 했다. 그리고 커다란 약속이 비워진 휑한 자리를 사람들은 오랜 세월의 체험과 견디기 힘든 고통에서 얻은 작은 발견과 지혜로 채워야 했다. 이미 님이 떠나갔는데도 "나는 님을 보내지 아니했습니다"(한용운, 「님의 침묵」)고 되뇌이며 정신을 벼리는 것이나, 삶이 아무리 서러워도 "세사에 시달려도 번뇌는 별빛이라"(조지훈, 「승무」)며 춤사위를 가다듬는 것이나, 물결을 거슬러 올라가는 물고기 떼를 바라보며 "그는 그의 몸짓이 슬픔을 넘어서려는 것임을 알까"(이성복, 「상류로 거슬러 오르는 물고기 떼처럼」)라며 가슴의 상처를 어루만지는 것, 그리고 난로 위의 주전자를 보며 "극에 달한 고통만이, 영혼을 건져올릴 수 있다"(이윤학, 「난로 위의 주전자」)며 삶의 고통을 달래는 것, 이는 모두 왜소한 인간이 스스로 삶의 이유를 내놓는 산고의 과정을 생생하게 보여준다. 이렇게 태어난 작은 발견과 지혜들은 밤하늘의 별들처럼 반짝인다.

모든 신화와 의례는 죽음과 재생의 과정을 상징의 형식으로 품고 있다. 하지만 신과 영웅들의 삶만 그런 것이 아니다. 사실 우리 일상은 심리적으로 '죽음(소멸, 혼돈)→태어남(생성, 질서)'의 연속이다. 한 줄의 시를 쓰거나, 한 편의 이야기를 보는 것은 모두 작은 상처에 소독약을 바르는 행위이거나, 아니면 자기 삶의 부정을 씻어내는 씻김굿을 펼치는 것과 같다. 이를 통해 아주 미세하게 부활과 갱신을 체험하거나, 아니면 마음의 오욕을 씻어내기 때문이다. 애초에 구원은 문학의 몫이 아니었다.

오대산은 겨울이 가기 전에 찾아볼 생각이다. 겨울 산은 한마디 말도 없이 나를 비장하면서도 의연하게 한다. 선배한테는 전화를 하지 않기로 했다. 절망이 희망을 낳는 것이 아니라, 견뎌냄 그 자체가 희망이 되는 것이다. 세 번 뜨거운 눈물을 흘리고 종적을 감춰 아직도 행방을 알 수 없는 허생을 찾아야 한다. 허생과 같은 인물을 그렇게 사라지게 해서는 안 된다. 허생을 찾아 그와 이야기를 나누고, 그로 하여금 더 많은 말을 하게 하는 것이 나의 일이 아닌가! 김두수의 노래 가락은 잔잔해졌다. 가만히 아래 시구를 읊조려본다.

> 뼈에 저리도록 생활은 슬퍼도 좋다
> 저문 들길에 서서 푸른 별을 바라보자……
> 푸른 별을 바라보는 것은 하늘 아래 사는 거룩한 일과이거니…….
>
> — 신석정, 「들길에 서서」

여행……

떠나지 않으면서 삶을 어이 견딜까

❧ 골목쟁이 빌보는 굴(일상)에 안주하는 호빗이다. 그의 외가는 모험을 즐긴 툭 집안이지만 그 자신은 여행과 모험에는 관심이 없다. 그러던 어느 날 마법사 간달프가 찾아와 옛이야기를 들려주고, 또 갑자기 나타난 소린과 13명의 난쟁이들도 하프를 연주하고 노래를 불렀다. 소린은 전설의 왕 소로르의 손자이며, 난쟁이들은 부당한 침략자들에게 고향과 보물을 빼앗기고 오랜 세월 떠돌아다니는 유랑객들이다.

노래를 듣는 순간 빌보의 내면에서 툭 집안의 기질이 깨어났다. 그는 길을 떠나 거대한 산들이 보고 싶어졌다. 소나무가 울부짖는 소리와 폭포 소리가 듣고 싶어졌다. 갑자기 그는 격렬하다고 인정받기 위해서라면 침대에서 자지 않아도 좋고, 아침 식사를 걸러도 좋다고 느꼈다.

"매트 위에서 고개를 까딱이며 헐떡거리는 그 작은 녀석"이라는 말이 그를 거의 격렬하게 만들었다. 간달프는 빌보에게 지도를 건네주었고, 빌보는 난쟁이들과 여행을 떠난다. 집을 나서는 순간 골목의 게으름뱅이 빌보는 모험에 오르는 영웅이 된다. 톨킨(1892~1973)의 『호빗』(1937)에 나오는 이야기이다.

러시아의 민담학자 프루프(1895~1970)와 미국의 신화학자 캠벨(1904~87)은 동서고금의 신화와 민담을 분석하는 과정에서 중요한 사실을 발견했다. 거의 모든 이야기는 주인공의 출발로 시작된다는 것이다. 이야기라는 집은 주인공의 공간 이동을 기둥으로 하고 새로운 세계에서 겪는 일들을 들보로 하여 지어진다. 주인공은 길 위에서 더없이 다양한 모험을 겪으며, 새로운 세계는 사막, 바닷속, 동굴, 섬, 지하, 깊은 숲 등 아주 다양한 모습으로 나타난다. 이 세계들은 때로 짙은 안개 속에 감추어져 있고, 매혹적인 음악으로 나그네를 유혹하며, 할머니를 보내 풀기 어려운 수수께끼를 내기도 한다. 주인공들은 극도의 공포와 불안을 견뎌내는 과정에서 자기 안에 감추어진 지혜와 용기를 발견한다.

주몽은 부여 왕자들의 핍박을 이기지 못해 북부여를 떠나고, 손오공 일행은 불경을 구하러 10만 8천 리 서역 길을 나선다. 바리데기는 아버지를 살릴 약을 구하러 서천으로 가고, 85세 노인은 자기가 아직 어부임을 자신에게 증명하고 싶어 바다에 배를 띄운다. 이들은 한결같이 길 위에서 온갖 예기치 못한 고초를 겪는다. 그리하여 주몽은 고구려를 세우고, 손오공 일행은 불경을 얻고, 바리데기는 약을 구하며, 어부는 남은 물고기 뼈만으로도 자신이 아직 어부임을 입증한다. 모두 모험적인 여행을 통해서만 소중한 것을 얻을 수 있다는 한 가지 진실을 말하고 있는데, 그 주인공들은 모두 우리의 분신이고 대역이다.

신과 영웅들이 만들어내는 환상의 세계란, 기실 초라하고 왜소하며 상처투성이인 우리들의 내면이 천상에 투사되면서 굴절 변용된 모습에 지나지 않는다. 여섯 살 소년은 집 앞 슈퍼마켓에 혼자 심부름을 다녀오면서 거대한 세상을 만나고, 열일곱 소녀는 보고픈 바닷가에 혼자 다녀오면서 정신의 크기가 한 뼘 자라며, 집 밖에 몰랐던 마흔 살 아줌마는 혼자 기차 여행을 하면서 비로소 자신을 대면한다. 순간 이들은 모두 자기 삶의 작은 영웅이 되며, 세상은 모두 나를 중심으로 돌아간다. 이렇게 우리는 끊임없이 죽음의 일상을 탈출하여, 새로운 생명을 얻어 귀환한다. 우리는 여행을 통해 끊임없이 거듭나는 것이다.

여행은 '출발 → 여정 → 귀환'의 세 단계를 밟는데, 여행자의 내면은 발길에 따라 '설렘 → 경이 → 성숙'의 과정을 거친다. 그리고 그 지점 지점에서 문학은 어김없이 태어난다. 여행 가방을 싸고 지도를 펼쳐 볼 때, 낯선 풍물과 만날 때마다, 잠 못 이루는 타관의 객사에서, 짧은 시간 인연을 맺은 사람과 헤어지며 뒤돌아보는 순간, 집에 돌아와 꿈만 같았던 지난날을 추억하는 가운데, 문학은 꿈틀거리며 몸속에서 살아 움직이기 시작한다. 미적 황홀경에 빠진다. 그 순간은 누구나 이미 작가이다.

사마천은 약관의 나이에 역사의 현장을 두루 찾아보았는데, 뒷사람들은 장강대하 같은 그 문장의 동력을 그의 여행에서 찾곤 했다. 옛사람들은 흔히 창작의 조건으로 만 권의 책을 읽고 만리 길을 다녀야 한다며, '독만권서讀萬卷書, 행만리로行萬里路'를 들었는데, 어떤 이들은 그중 만리 여행이 더 중요하다며 '독만권서讀萬卷書, 불여행만리로不如 行萬里路'로 고쳐 말하기도 했다. 권필權韠(1569~1612)은 아끼는 제자에 게, 천하를 널리 보지 못하면 시 또한 갇히게 되니 뒷날의 먼 여행을 위 해 수영과 중국어를 배워둘 것을 당부하기도 했다. 여행은 시를 낳고, 문장은 여행에 생명을 준다. 여행과 문학은 서로 없으면 못 사는 사이 인 셈이다.

18세기 조선 최고의 과학자 홍대용洪大容(1731~83)은 고향 천안에 머물면서도 그 시야가 천하에 두루 미쳤고 가슴의 크기는 천하를 담을 만했다. 그는 평소 중국어를 공부하며 장쾌한 여행을 꿈꾸었다. 꿈이 간 절하면 이루어지는 법, 그는 35세 되던 해에 숙부를 따라 북경에 갈 기 회를 얻었다. 1765년 11월 27일 압록강을 건너며 활화산처럼 솟구치는 감회를 이기지 못한 홍대용은 한 곡조 미친 노래[狂歌]를 지어 읊었다.

간밤에 꿈을 꾸니 요동遼東 들판 날아 건너
산해관山海關 잠긴 문을 한 손으로 밀치도다
망해정望海亭 제 일층에 취후醉後에 높이 앉아
갈석산碣石山 발로 박차 발해를 마신 후에
진시황 미친 뜻을 칼 짚고 웃었더니
오늘날 초초 행색 뉘 탓이라 하리오.

광활한 요동벌을 날아 건너고, 거대한 산해관 철문을 한 손으로 밀어 열고, 몽골 초원과 요동 벌판 사이를 가로 지른 갈석산을 발로 차내고 발해 물을 다 마신다니, 몸은 파리한 서생이어도 그 기상은 세상을 덮은 거인이었다. 웅웅거리는 목소리가 아직도 귓전에 울린다. 이 노래는 국외 여행에 나서는 그의 지식과 포부가 얼마나 원대했는지를, 또 거꾸로 그가 포부와 식견이 조선 사회에서 얼마나 짓눌렸는지를 잘 보여준다.

이보다 쉰세 해 전인 1712년 겨울, 60세의 포의처사 김창흡(1653~1722)은 가족들의 만류로 아우 김창업(1658~1721)에게 연행燕行의 기회를 양보할 수밖에 없었다. 60노구에 자제군관子弟軍官이라는 수행원의 직함은 체면에도 건강에도 도저히 맞지 않는다는 것이었다. 형은 입맛을 다셨고, 대신 55세의 아우는 쾌재를 불렀다. 형은 진한 아쉬움을 50수의 시에 담아 아우에게 주었다. 아래는 그중 일부인데, 지금도 길 떠나는 이의 가슴을 장하게 할 만하다.

우리 인생 견문이 적으면 아니 되니　　　人生不可少所見
안목이 커져야만 가슴도 넓어진다네　　　大目方令胸肚擴

산하를 직접 보면 느껴 앎이 깊으리니　　　山河觸目懲感深
10년 사서史書 읽음보다 나음을 알 것일세　　　可知勝讀十年史

인생에서 중요한 것은 견문인데, 견문은 여행이 아니면 커지지 않는다. 또 모름지기 공부란, 학문이란 책상머리에서만 이루어지는 것이 아니니, 삶과 역사의 현장을 거치지 않고는 완성되지 않는 법이다. 형의 당부대로 아우는 과연 조롱을 벗어난 새처럼 마음껏 노닐었고, 그 결과를 『노가재연행일기』라는 불후의 여행기로 남겼다.

1780년 여름에는 박지원(1737~1805)이 선배들의 길을 밟아 나섰다. 압록강을 건너 열사흘 만에야 요양遼陽에 이르렀다. 조선에서 가자면 요양은 드넓은 요동벌에 있는 첫 번째 도시였다. 눈앞에 펼쳐진 일망무제의 벌판을 보고 박지원은 "정말 한 번 목 놓아 울 만한 곳"이라며 탄식했다. 이에 일행이 고개를 갸웃하며 까닭을 물었다. 박지원은 사람의 울음소리를 천지간의 우레에 견주며, 천지간에 기운이 꽉 막혀 있듯 사람의 마음속에도 불평과 억울함이 갇혀 있는데, 이를 풀어내는 데에는 소리만한 것이 없다고 했다. 그리고 말을 이었다.

어머니 뱃속에 있을 때 참참한 곳에 갇혀 지내다가, 갑자기 툭 트인 곳에 나와 손과 발을 펴매 그 마음이 시원해지니, 어찌 한마디 참된 소리를 마음껏 터뜨리지 않으리오. 그러니 우리는 저 갓난아기의 꾸밈없는 소리를 본받아 금강산 비로봉에 올라 동해를 바라보며 한바탕 울 만하고, 황해도 장연 바닷가 금모래 밭을 거닐며 한바탕 울 만하이! 또 이제 이 요동벌판은 산해관까지 1천 2백 리 사방에 도무지 한 점 산도 없이 저 멀리 하늘과 땅이 닿아 있고 고금에 먹구름만 오갈 뿐이니, 이 역시 한바탕 목 놓아 울 만한 곳이 아니겠는가!

박지원은 조선에선 보지 못한 드넓은 벌판을 보았고, 또 거기서 진

정선, 「만폭동도」, 18세기, 33.2×22cm, 서울대박물관 소장.

실을 마음껏 말할 수 있는 열린 사회를 떠올렸다. 제도와 관습과 편견에 매여 진실을 외면하는 조선 사회를 통곡한 것이다. 조선의 여행자들 앞에 다가온 요동벌은 그냥 넓기만 한 들판이 아니었다. 이 공간은 천하의 역사를 반추하고, 우주의 운행원리를 관찰하고, 조선의 현실을 아프게 되돌아보며 새로운 세계를 설계하는 그런 곳이었다. 이런 자리에서 문학은 바위 틈에서 흘러나오는 샘물인 것이다. 이 글은 경이의 소산이다.

슬기로운 여행자들은 반드시 귀로에 소중한 선물을 안고 온다. 마사이족 소년은 혼자 밀림에 나가서는 지혜와 용기를 지닌 어른이 되어 돌아오고, 계모와 언니들에게 쫓겨난 바살리사는 어두운 숲속에 들어갔다가 불씨를 얻어 돌아온다. 헨젤과 그레텔 남매도 세상과 맞설 힘을 얻어 아버지에게로 돌아오지 않는가. 1778년 북경 여행을 마치고 돌아오는 박제가(1750~1805)의 품속에는 병든 조선을 치유할 처방이 들어 있었다. 아래는 그해 가을 강화에서 새벽녘 지은 시이다.

밤은 길고 마음엔 번민이 많아　　　　　　夜長心轉多

일어나려 하다가 다시 눕누나　　　　　　欲起還復休

한 몸 의식 연연할 뿐이 아니라　　　　　匪直衣食戀

아득한 천지간의 근심 품었네　　　　　　遙懷天地愁

벌레 하나 이따금 찌르르 울고　　　　　　一蟲時咖咖

잎새들 문득 놀라 바삭거린다　　　　　　衆葉驚颼颼

붉은 해는 어제와 다름없건만　　　　　　朱炎如昨日

푸른 살쩍 어느새 가을이 왔네	靑鬢忽已秋
천 마디로 깊은 회포 풀어내느라	千言賦幽懷
내 한 몸 도모할 겨를이 없네	未暇一身謀

가을이라 밤은 길어도 이 생각 저 걱정을 옮겨다니느라 잠을 이루지 못한다. 일어나볼까 하다가도 이내 생각을 접는 것은 심신이 지쳐 있기 때문이리라. 그의 고민은 사사로운 것이 아니라 천지간 백성들의 삶과 관련된 것이었다. 사위는 고요하고 캄캄한데 시인의 마음은 너무 맑다. 그래서 미처 잠들지 못한 벌레 한 마리가 찌르르 우는 소리가 이따금 들리고, 마른 잎들을 스치고 지나는 소리도 귀에 들어온다. 5구의 일충-蟲에서 '일-'은 박제가의 고독을, 6구 '중엽경衆葉驚'의 '경驚'은 박제가의 불안을 표상한다. 실은 온 세상에 자기 혼자 깨어 있고, 이런 저런 생각 끝에 자기가 깜짝 놀라는 것이다. 햇살은 여름처럼 뜨겁고 몸은 아직 20대 청춘이지만, 생각이 무르익고 걱정이 깊어지면서 그의 몸은 점차 가을로 익어갔다. 살쩍에서 느껴지는 가을은 여행자의 성숙을 상징한다.

박제가의 처방은 몇 해 뒤 『북학의北學議』로 정리됐다. 하지만 당시 조선의 지배층은 자신들의 권익을 유지하고 세습하는 데만 관심이 있었고, 수많은 인명을 살릴 처방은 그만 휴지가 되고 말았다. 하지만 박제가의 여행이 낳은 그 처방은 고전이 됐다. 고전의 생명은 한 시대에 그치지 아니하니, 그 처방은 오늘날 이 시대에도 유효한 것이 적지 않다.

1888년 6월 고흐(1853~90)는 동생 테오에게 보내는 편지에서, 지도를 보며 여행을 꿈꾸듯 밤하늘을 보면서 별로 가는 꿈을 꾼다고 했다. 그가 꿈꾼 것은 현실과 지각의 한계를 뛰어넘어 새로운 세계를 찾아가는 것이었고, 그것이 바로 그의 창작 정신의 원동력이었다. 1919년 서머싯 몸(1874~1965)은 『달과 6펜스』에서 여행을 떠날 수밖에 없는 예술가의 운명을 말했다. 그에 따르면 낯선 곳에 대한 그리움은 고향에 대한 그리움이고, 여행은 오래 전에 떠난 고향을 찾아가는 과정이고, 또 일상에서 잃어버린 자아를 만나러 가는 행보이다. 토마스 만(1875~1955)도 『마의 산』에서 새로운 공간이 어떻게 사람을 자유롭게 하고 속인까지도 손쉽게 방랑자로 만드는가를 말한 바 있다.

저 멀고도 깊은 곳에서 신의 목소리가 들려오지 않는 무당은 명산대천을 찾아 신의 기운을 얻으려 하듯, 일상과 관습의 무력함에 시달리는 사람들은 여행 가방을 꾸린다. 지금 이국의 낯선 거리를 어슬렁거리고 있거나, 인터넷에서 여행지의 정보와 교통편을 검색하고 있거나, 지난 여행을 떠올리며 추억에 잠기고 있는 이들은 모두 문학의 알을 품고 있는 중이다.

소멸······

사라지는 것들 앞의 찬란한 슬픔

지는 해나, 산의 아름다움 앞에 잠시 멈춰서 "아!" 하고 탄성을 지르는 것은 신성神聖(divinity)에 참여하는 것이다.

인도의 힌두교 경전 『우파니샤드』에 나오는 말씀이다. 노을의 전송 속에 침강하는 저녁 해를 바라보며, 알맞게 익은 진도 홍주나 한산 소곡주를 국자에 떠내 혀끝으로 살짝 음미할 때, 「타인의 삶」 같은 영화나 『죄와 벌』 같은 소설의 마지막 장면을 접고 나서, 하동 악양루에 앉아 섬진강 물결 따라 눈길을 흘려보내면서, 한 순간 시간과 숨을 멈춰 세우고 짧은 탄식을 내뱉는 것은 모두 신성에 참여하는 것이다. 신성에 참여한다는 것은 지적 각성과 미적 충격으로 세계를 새롭게 인식한다는 것이다. 이때 그 순간은 영원이 된다.

큰애가 일곱 살 때 문득 자긴 슬픈 음악이 좋다기에 깜짝 놀라 이유를 물었더니, "그냥, 슬픈 게 아름답잖아"라고 심상하게 대답했다. 할아버지가 돌아가신 일이 마음 깊이 남아서일까, 마음이 짠해지며 생명을 낳은 업보를 느꼈다.

"아빠도 늙어?"

"늙지."

"늙으면 죽어?"

"죽지."

"아빠도?"

"그럼."

"……."

"생명 있는 것은 모두 다 사라지는 거란다."

역시 여섯 살 때의 작은애와 주고받은 대화이다. 아이는 순간 그윽한 현자의 표정을 지었다. 한번 안아주면서 나도 문득 현자가 된 느낌이었다. 안타깝지만 아이들은 꽤나 힘든 과정을 거치며 아름다움을 알아가고, 실은 어른이 되어서도 그 과정은 크게 다르지 않다. 그 미의식을 따라 근원으로 거슬러 올라가면 허무를 거쳐 소멸이 나타난다. 소멸은 아름다움의 대모大母인 것이다.

천거할 만한 능력이 있는데도 천거하지 않는 것은 당시 관리의 허물이고, 세상에 알릴 만한 행적이 있는데도 알리지 않는 것은 뒷사람의 책임이다.

얼마 전 후배가 준 이용휴李用休(1708~82) 산문집을 읽다가 이 구절에서 한동안 눈을 떼지 못했다. 인재를 쓰지 못하는 것은 권력자의 잘못이고, 아름다운 사연을 사라지게 하는 것은 문인의 허물임을 말한 것이다. 그 사연을 무엇으로 세상에 전할 것인가? 100년 전까지만 해도 그건 오직 글이요, 문학이었다. 사랑하는 사람이 나를 떠나려 하거나 너무나도 아름다운 장면이 사라지려 할 때, 그 사람이나 그 장면을 다치지 않고 생생하게 잡아두고 싶은 간절한 마음이 있다. 차마 아무렇게나 잊어버리거나 지나쳐버리거나 버려두지 못하는 마음이 있다. 때로 사라져버린 것을 떠올려 눈과 귀가 잠시 멀어버리는 경우가 있다. 모두가 문학이 태어나는 자리이다. 누구인들 그런 마음이 없으랴! 그러니 누구의 삶인들 문학이 아니랴!

여러 해 전 늦은 가을 앞산에 있는 극락사에 오른 적이 있다. 백마산 중턱의 극락사는 그 오가는 길이 아름다운 절집이다. 풍경 소리를 들으며 느린 걸음으로 한 바퀴 돌고 내려가는데 문득 대웅전 앞에 숨어서 빛 바래가는 조그만 단풍나무 한 그루가 눈에 띄었다. 빨간빛과 노란빛과 파란빛이 섞여 있는데, 파란빛은 완연히 아래쪽에 힘없이 숨어 있다. 나도 모르게 "곱다!"고 말을 흘렸다. 잘 늙은 할머니를 우린 보통 "곱다!"고 한다. 석양에 물든 노을도 고운 것이다. 아기나 신록이나 아침 해는? 그건 예쁘다고 해야 한다. 곱다는 말에는 소멸이 내포되어 있고, 그래서 그 말에는 '설움'이 배어 있다. 그래서 "정작으로 고와서 서러워라"고 한 지훈의 마음을 난 이해할 수 있다. 후배 하나가 논문을 쓰다가 시인이 노쇠하여 읊은 시구 "庭菊想應開口笑, 巖楓寧有皺顏悲"(직역

이인상, 「병국病菊」, 18세기, 28.5×14.5cm, 국립중앙박물관 소장.

하면 "뜰에는 국화꽃이 입 벌려 웃을 테니, 바위 위 단풍잎에 주름진 슬픔 있으리)를 "뜰 국화는 아마도 활짝 피었을 테니, 바위 위 단풍이 어찌 곱지 않을 것인 가"라고 번역했는데, 슬프다는 뜻의 '悲(비)' 자를 '곱다'고 한 이유를 한참이 지나서야 알게 됐다.

1771년 박지원은 43세를 일기로 삶을 마감한 누이를 잃고 짧은 묘 지명을 지었다.

㉮ 아아, 누님이 시집가던 날 새벽 화장하던 것이 어제 일만 같다. 나는 그때 갓 여덟 살이었다. 장난으로 누워 발을 구르고 새 신랑의 말투를 흉 내 내면서 더듬거리며 의젓하게 말을 하니, 누님은 그만 부끄러워 빗을 떨구어 내 이마를 맞추었다. 나는 성나 울면서 먹을 분에 뒤섞고, 침으로 거울을 더럽혔다. 그러자 누님은 옥오리 금벌 따위의 패물을 꺼내 달래 며 울음을 그치게 했다. 지금으로부터 스물여덟 해 전의 일이다. ㉯ 말을 세워 강 위를 멀리 바라보니, 붉은 명정은 바람에 펄럭거리고 돛대 그림 자는 물 위에 꿈틀거렸다. 언덕에 이르러 나무를 돌아가더니 가리어져 다시는 볼 수가 없었다. 그런데 강 위 먼 산은 검푸른 것이 마치 누님의 쪽진 머리 같고, 강물 빛은 누님의 화장 거울 같고, 새벽달은 누님의 눈 썹 같았다. 그래서 울면서 빗을 떨어뜨리던 일을 생각했다.

㉮는 28년 전 누이가 시집가던 날 새벽의 한 장면이다. 다정하기만 한 이 광경이 인상적인 진짜 이유는 오뉘의 숨겨진 마음에 있다. 누이 나 아우는 모두 이날이 두 사람이 헤어지는 날이라는 것을 감지하고 있

었다. 이 짧은 풍경에 자욱하게 깔려 있는 분위기는 '설움'이다. ④는 28년의 간극을 훌쩍 뛰어넘어 지금 눈앞에 있는 광경을 보여준다. 그렇게 헤어진 누이는 43세라는 젊은 나이로 죽었는데, 그나마 그의 시신을 실은 배도 멀리 사라지고 있다. 대조적인 두 장면 사이에 만 가마의 슬픈 정서가 감추어져 있는데, 그 사이에 '상실과 소멸'이라고 하는 유사한 체험이 점층적으로 반복되고 있음을 읽어내는 것이 중요하다. 첫 번째는 누이의 혼인이고, 두 번째는 누이의 죽음이며, 세 번째는 누이의 관을 실은 배의 사라짐이다. 짧은 글 속에 지속적으로 누이가 멀어져가는 과정이 감추어져 있는 것이다. 이 글이 하염없는 슬픔을 자아낸다면, 그건 누이의 죽음 때문이라기보다도 사랑하는 존재가 차츰 멀어져 사라지는 것을 자기도 모르게 체험하기 때문이다.

막심 고리키(1868~1936)는 어려서 아버지를 여의고, 엄마와 함께 외가에 몸을 맡겼다. 엄마는 어느 날 종적을 감추었다가 몇 해 뒤 홀연히 돌아왔다. 소년은 그 사이의 경위는 알지 못했다. 그런데 별로 말이 없는 엄마의 태도에서, 소년은 어머니가 다시 떠나리라는 것을 감지하고 슬펐다. 과연 엄마는 다른 남자와 결혼을 하고 떠나갔다. 소년은 말할 수 없을 정도로 화가 나고 슬펐지만 가슴속의 어떤 말도 꺼내지 못했다. 드디어 결혼식이 끝나고 엄마와 계부가 떠나기 위해 마차에 올랐다. 그 당시를 고리키는 이렇게 회고했다.

나는 차도와 인도 사이에 있는 작은 기둥 위에 앉아서 2인승 무개사륜마차가 달려가는 것을 바라보았다. 마차가 골목을 돌아 사라지자 내 가슴속의 무언가가 꽝하고 닫히며 밀폐되어버렸다.

— 이항재 옮김, 『어린시절』

한번 떠났다 돌아오고 또다시 떠나면서 엄마는 조금씩 소년에게서 멀어져갔다. 소년은 사라져가는 마차의 뒷모습에서 사랑하는 존재의 소멸을 체험했다. 이는 소년의 가슴에 아물지 않는 상처가 됐고, 평생 그를 벗어나지 못하게 하는 현실이 됐다. 고리키의 문학은 그러한 상처와 현실의 재현이었다.

고골리(1809~52)와 생텍쥐페리(1900~44)는 살았던 시대와 공간에서 일점 겹치는 부분이 없다. 물론 나도 이들과 일면식이 없다. 하지만 내 책꽂이에 김성탄(1608~61)과 신채호(1880~1936)가 나란히 앉아 나와의 대화를 기다리고 있듯이, 나와 두 사람은 때로 한 자리에 모여 이야기를 주고받는다. 고골리는 「외투」에서 어렵게 새 외투 한 벌을 마련하고 좋아하던 9등관 아카키예비치가 그 옷을 입고 출근한 첫날 밤 외투를 강탈당하고 그만 절망을 이기지 못하고 쓸쓸하게 죽어가는 장면을 그렸다. 생텍쥐페리는 『인간의 대지』에서 사하라사막의 쥐비에서, 유목민들의 텐트를 기웃거리다 사막 위에 누워 죽음을 맞이하는 노예들의 모습을 잡았다.

그런 사람은 처음부터 존재하지도 않았던 것 같았다. 누구의 보호나 사랑도 받지 못하고, 흔한 파리 한 마리도 놓치지 않고 핀으로 꽂아 현미경을 들이대는 자연 관측자의 관심조차 끌지 못했던 존재가 사라졌다. 동

료 관리들의 조롱을 아무런 저항 없이 참아내다가 무덤에 들어가는 순간
도 그저 평범하기만 했던 한 존재가 이제는 자취를 감추고 사라져버렸
다. 비록 생을 마감하기 바로 직전이긴 했지만 그에게도 외투의 모습을
빌려 인생의 소중한 순간이 찾아와 짧은 시간 동안 그의 고달픈 삶을 비
춰주기도 했고, 견딜 수 없는 불행이 엄습하기도 했다.

—조주관 옮김, 「외투」

나는 그가 고통을 느낀다고는 별로 생각하지 않았다. 그러나 사람의 죽
음과 함께 미지의 세계가 하나 죽는지라, 나는 그의 안에서 꺼져가는 영
상들이 어떤 것인가 하고 생각해보았다. 세네갈의 어떤 대농원이, 남쪽
모로코의 어떤 하얀 도시들이 차차 망각 속에 파묻혀 들어가는 것이었던
가?……그 단단한 해골이 내게는 그 오랜 보물상자같이 보였다.

—안응렬 옮김, 『인간의 대지』

솔직히 따져보라. 사막 위에 누워 영면을 기다리는 노예와, 외투
하나로 환희에 젖었다가 또 그 외투 때문에 절망에 빠져 죽어간 아카키
예비치, 이들의 삶이 우리의 그것과 무엇이 다른가? 하지만 누군가 거
기에 마음을 주고 따스하게 말을 거는 순간 보물상자가 열리고, 희미한
불꽃이 사라지기를 멈추고 반짝거리기 시작한다. 나는 그 불행한 삶이
흔적 없이 사라지는 것을 못내 안타까워하고 한 장면을 건져 남겨준 두
작가를 좋은 벗으로 삼기로 했다. 우리의 삶도 소중하고 아름답다는 것
을 가르쳐주고 있기 때문이다. 높은 지위에 올라 권력을 휘두르고, 돈

을 처발라 거대한 묘역을 조성하고 큰 빗돌에 이름을 새겨넣어야 그 삶이 전해질 수 있다면 세상은 너무 슬프지 않은가? 세상에서 가장 소중한 것은 바로 소박하고 작아도 진실하고 아름다운 '나의 삶'이고 '이웃의 일상'이다.

사진을 순간의 예술이라고 하지만, 문학을 포함하여 어떤 예술이든 그렇지 않을까? 모든 예술은 순간의 강렬한 인상, 어떻게든 그것을 포착하고 잡아두려는 몸부림에서 태어나는 것이다. 이렇게 해서 억겁의 세월 무수한 사람들의 사연 중, 지극히 일부 순간들만이 사라지지 않고 존속하게 되는 것이다. 그중에서 또 몇몇만이 영원에 버금가는 지위를 얻게 된다. 의상義湘(625~702)은 "한량없는 세월이 한 순간 생각이요, 한 순간 생각이 한량없는 세월無量遠劫卽一念, 一念卽是無量劫"이라고 갈파했고, 청초淸初의 문장가 김성탄金聖嘆(1608~61)은 "죽을 먹을 때 떠오른 착상을 숟갈을 놓고 잡아야지, 다 먹은 뒤에 잡으려고 한다면 안 된다"고 했다.

신라 천년 사직을 뒤로 하고 등을 보이고 떠난 마의태자, 시집가는 누이의 뒷모습, 수평선 위로 한 점이 되는 사라지는 배, 모습은 보이지 않고 울음소리만 차츰 작아지는 기러기, 늙은 아버지의 눈빛, 깜빡거리며 줄어드는 촛불, 곱게 물드는 석양과 단풍 등에 우리 마음이 흔들리는 것은, 거기서 삶의 소멸을 보았기 때문이다. 그때가 바로 우리 삶에서 문학이 반짝이는 순간이다.

꽃은 떨어지는 향기가 아름답습니다

해는 지는 빛이 곱습니다

노래는 목마친 가락이 묘합니다

님은 떠날 때의 얼굴이 더욱 어여쁩니다.

— 한용운, 「떠날 때의 님의 얼굴」

현재 지구상에는 6천 8백 개 정도의 언어가 있는데, 평균 2주에 하나씩 사라지고 있다고 한다. 그밖에 하루하루 우리 주위에서 사라지는 것들은 또 얼마나 많은가? 사라지는 것들에 문학이 마음을 주지 않으면 끝내 자신도 설 자리가 없을 것이다.

호기......

긴 파람 큰 한 소리에 거칠 것이 없어라

🌿 시진柴進의 집에 식객으로 있던 무송武松은 고향의 형을 보러 길을 나섰다. 고향 마을로 가기 위해서는 경양강景陽崗을 넘어야 했다. 마침 고개 아래 주막 앞에 주기酒旗가 흔들리는데, 깃발에는 '삼완불과강三碗不過崗'이라 씌어 있었다. '세 사발을 마시면 고개를 넘지 못한다'는 뜻이다. 무송은 아랑곳하지 않고 술을 시키고 안주로 소고기 두 근을 주문했다. 무송은 석 잔을 마시고 술을 더 요구했다. 주인이 난색을 표하자, 무송은 얼굴을 부라리며 기어이 두 근 고기 안주에 남은 술을 모두 마신 뒤 호기롭게 문을 나섰다. 그 다음 술 취한 무송이 호랑이를 때려잡은 일은 『수호전』을 읽은 사람이면 누구나 아는 일이다.

7, 8년 전인가, 한겨울 밤에 폭설이 내려 그만 성남에서 버스가 끊

기고 말았다. 광주 집에 가기 위해서는 갈마치를 넘어 40리를 걸어야 했다. 잠시 하늘을 보며 투덜대던 나는 인근 해장국집에 들어가 "여기 순댓국밥 하나에 소주 한 병!"을 호기롭게 외쳤다. '삼완불과강三碗不過岡'의 금기를 어기며 술을 마시던 무송의 호기를 흉내 낸 것이다. 소주 몇 잔으로 호기가 등등해진 나는 천지간에 독행獨行하는 기분으로 눈 쌓인 밤길을 세 시간나마 걸어 집에 도착했다. 범을 잡지는 못했지만 그때 내 기개는 완연 호걸의 그것이었다. 나는 옛이야기의 까만 글자들을 보았을 뿐인데, 삶의 마디마디마다 소설 속 인물들이 내 안에서 살아나기도 하고 내 옆을 나란히 걸으며 의기를 독려하기도 한다. 묘한 일이다.

정몽주鄭夢周(1337~92)는 극심한 혼란의 시기인 고려 말, 수차례 전쟁에 참여하고 도합 일곱 차례나 외교 사행을 떠났던 풍진남북의 경륜가였다. 1363년(27세)에서 1388년(52세)에 이르는 시기, 정몽주가 밖에서 보낸 세월을 다 합치면 88개월에 이른다. 그는 지사이기 전에 군세고 시원시원한 호걸이며 한 시대를 경영한 경륜가였다. 1372년 바닷길로 명나라 남경에 사신으로 갔을 때 태창太倉 예부의 관리에게 준 시는 "남아는 평생토록 먼 노닒〔遠遊〕 사랑하니, 타향에 오래 머묾 무엇을 탄식하리"로 시작하여 다음 구절로 마무리된다.

때로 성남 저자에서 술을 마시면 　　　　時來飲酒城南市
호기가 온 중국을 덮고도 남지요 　　　　豪氣猶能塞九州

윤두서, 「마상처사도馬上處士圖」, 조선 후기, 98.2×57.7cm, 국립중앙박물관 소장.

기상이 이만하면 맹자가 말한 바 나약한 자를 붙들어 세울 만하지 않은가? 내가 병든 나뭇잎처럼 생명이 부대낄 때 한 잔 술을 청할 만하지 않은가? 내가 한없이 초라해지고 내 삶이 끝없이 추락해가는데 수십억 누구에게서도 위로받지 못해 외로울 때, 우리에겐 천고 이전의 호걸 친구들이 필요하다.

조선 후기의 여러 야담들은 임형수(1504~47)에 관한 이야기를 전하고 있다. 임형수가 이황(1501~70)과 같이 홍문관에서 근무했을 적의 일이다. 어느 날 밤 입직하던 임형수는 술에 취해 이황에게 말했다. "자네도 남아의 기이하고 장쾌한 일을 아는가?" 퇴계는 빙그레 웃으며 말해보라고 했다. 임형수는 취기가 도도하여 말했다.

"함박눈이 펑펑 쏟아질 때 검은 담비 갖옷을 입고, 허리에는 긴 백우전白羽箭을 차고, 어깨에는 백 근짜리 각궁角弓을 멘 채 철총마를 타고 말을 달려 산골짜기로 들어가면 만리 바람이 몰아쳐 나와 산의 온갖 나무들이 흔들리는데, 갑자기 송아지만한 멧돼지가 길을 잃고 달아나면 살을 먹여 쏘아 죽이네. 허리춤에서 칼을 뽑아 배를 가르고, 긴 꼬챙이에 고기를 꿰어 불에 구우면 기름과 피가 뚝뚝 떨어진다네. 이때 호상胡床에 걸터앉아 고기를 잘라 씹어먹고는 큰 은 사발에 자하주紫霞酒를 가득 부어 한 입에 쭈욱 마시네. 날이 어스레하여 고개를 들어보니 눈보라가 몰아쳐 술 취한 얼굴에 달려든다네. 이러한 맛을 자네가 어찌 알겠는가?"

임형수는 이렇게 말하고는 무릎을 치며 껄껄 웃었다. 이러한 호걸의 풍모는 조선시대 가슴 트인 장부들의 바람이었으니, 비슷한 이야기들이 여럿 전하는데 정도전이나 성호선 등이 주인공으로 등장하기도 한다.

이완(1602~74)이 소년 시절 사냥을 하다가 길을 잃고, 잘못 산적의 집에 들었다. 그는 두려움에 떠는 여인의 무릎을 베고 누워 희롱하다가 돌아온 산적의 손에 잡혀 대들보에 매달리는 신세가 됐다. 산적은 갓 잡아온 사슴 고기를 구워 술을 마시다가 이완을 힐끗 보고는, 곧 죽을 놈이지만 맛이나 보게 해준다며 칼끝에 고기를 찍어주었다. 이완은 태연자약하게 고기를 받아먹었다. 산적은 이완의 기개에 마음이 울려 묶은 것을 풀어주고 술과 고기를 함께 먹으며 의형제를 맺었다. 산적은 뒷날 포도대장이 된 이완에게 발탁되어 나라에 쓰였다고 한다. 또한 조선 후기 야담에 나오는 이야기이다.

글만 보아도 취기 가득하여 걸걸한 임형수의 목소리가 들려오고, 산중에서 기름이 뚝뚝 떨어지는 사슴고기를 안주삼아 술을 마시는 이완과 산적의 모습이 떠오른다. 나도 모르게 입맛이 다셔지며 장한 기운이 솟아오른다. 이만하면 삶이 구차스럽지 않다. 머릿속에 가득하던 시름들이 일순 무색해진다. 옛사람들도 이들의 호기로 고달픈 삶을 달래면서 끊임없이 이야기를 전해왔던 것이다.

    삭풍朔風은 나무 끝에 불고 명월은 눈속에 찬데
    만리 변성邊城에 일장검 짚고 서서
    긴 파람 큰 한 소리에 거칠 것이 없어라

김종서金宗瑞(1390~1453)가 함경도 절제사 시절 지은 것이다. 잎 다 진 나뭇가지에 북풍이 사정없이 몰아치고 눈 위에 비치는 달빛은 얼음처럼 차갑다. 나라 끝 국경인지라 공기에는 전선의 긴장감이 팽팽하다. 이때 성곽의 장대 위에 장검을 짚고 서서 두만강 너머를 바라보니 온 천하에 거칠 것이 없다. 세상에 이루지 못할 일이 무엇이랴!

조선조 지식인들에게서 절대적 존숭을 받은 주희朱熹(1130~1200)는 38세이던 1167년 가을 벗 장식張栻(1132~80)을 찾아 장사長沙로 여행을 했다. 다섯 달이나 걸린 긴 여정이었다. 11월에는 「구운몽九雲夢」의 무대이기도 한 남악 형산衡山의 축융봉祝融峯(해발 1,290미터)에 올랐다. 산꼭대기에서 탁주 몇 사발을 마시고 호기가 발동해 나는 듯 산을 내려왔다. 그리고 시 한 수를 남겼다.

만리라 먼 길 와서 긴 바람에 몸 맡기니	我來萬里駕長風
깊은 골 층층 구름 가슴을 씻어주네	絕壑層雲許蕩胸
막걸리 세 사발에 호기가 일어나서	濁酒三杯豪氣發
목청껏 읊조리며 축융봉 날아 내려왔네	朗吟飛下祝融峰

일개 서생이라도 천 근의 무게와 만리의 시야를 갖추면 마치 태산처럼 천지간에 참여하고 일월과 호흡을 함께 하게 된다. 글만 읽는 일이야 참으로 작은 일에 지나지 않는다. 축융봉을 가슴에 품은 주희가 산에서 내려온 뒤 하산주下山酒를 걸렀을 리 없다. 조선의 지식인들은 아마도 이런 면모 때문에 주희를 더 좋아했던 것은 아닐까?

몇 해 전 조선시대 연행로를 답사할 때의 일이다. 요동벌이 끝나는 지점에서, 오랜 세월 중국의 북진北鎭이었던 의무려산醫巫閭山에 올랐다. 홍대용의 『의산문답醫山問答』이 탄생한 곳이다. 꼭대기에 올라보니 동쪽에는 우리가 달려온 요동벌이 끝없이 펼쳐져 있고, 북쪽에는 산의 능선들이 파도치는데 그 너머에는 몽골 초원이 펼쳐져 있다. 남쪽에는 아스라이 발해가 눈에 들어온다. 서쪽은 북경으로 가는 길인데 점점이 산들이 솟아 있다. 구름은 몸을 감싸고 있는데, 손만 뻗으면 하늘을 잡을 수 있을 듯하다. 동서남북과 천지상하를 차례로 돌아보니 절로 통쾌한 마음이 들었다. 다산의 「불역쾌재행不亦快哉行」을 흉내 내 다섯 줄 「호기가豪氣歌」를 읊조렸다.

> 의무려산 꼭대기에 주연을 펼쳐놓고
> 요동벌 발해 신을 한 자리에 불러 모아
> 미주美酒 삼백 잔을 나누어 마신 뒤에
> 호기가 한 곡조를 목 놓아 부른다면
> 그 또한 통쾌하지 아니할까

　　보통 사람들의 간과 쓸개는 20대 후반부터 조금씩 줄어들기 시작해서 50쯤 되면 거의 남는 게 없다. 뜻대로 되는 일은 없고 세상은 내 의지와는 무관하게 돌아간다. 눈치 볼 곳은 또 왜 그렇게도 많은지. 너무 작아진 자신을 견딜 수 없으면 주말 높은 산에 올라 세상을 굽어보고 한 곡조 호기가를 불러볼 일이다. 초저녁 비감한 심정으로 조촐한

술상을 받았을 때 옛이야기 속의 호걸들을 하나하나 불러내어 술잔을 주고받을 일이다. 우렁우렁한 목소리로 호출하면, 을지문덕·남이·임제 등은 역사 속에서 성큼성큼 걸어나와 당당하게 방안으로 들어올 것이다. 그들의 문학이 우리 삶을 새롭게 하고, 다시 그 삶에서 문학이 태어나리라. 옛말에 '문정상생文情相生'이라 했다.

거울......

어둠 속에 숨어 있는 그를 찾아가다

🌿 지금보다 훨씬 젊었던 시절 어느 날, 불현듯 "나는 누구인가, 어디서 왔으며 어디로 가는가" 하는 의문이 떠올랐다. 그 순간 나는 문득 낯선 존재가 됐다. 질문을 던지고 응시하게 되면 누구나 낯선 존재가 되는데, 그중에서도 가장 나를 당혹스럽게 하는 건 바로 나 자신이다. 누워 있던 작은 방은 막막한 바다가 됐고, 나는 뗏목 위에 누워 떠도는 신세가 됐다. 문득 내 존재가 서러워져 견딜 수가 없었다. 나는 나에 대해 아무것도 아는 바 없으며, 나의 삶에 대한 주권도 전무하다는 느낌에 빠졌기 때문이다. 나는 가위눌린 듯 한참을 누워 있다가 일어나 거울을 보았다. 거울 속에서 어떤 사람(타자)이 날 쳐다보고 있었다.

1960년대 일본의 한 중학교에서 학생들이 영어 수업을 듣고 있었다. 앞의 학생부터 차례대로 "I am a Japanese"라는 문장을 읽었다. 자기 차례가 가까워올수록 긴장이 고조되던 한 학생이 있었다. 자기 차례가 됐을 때 그는 한마디도 내뱉지 못했다. 선생님의 독촉에, 소년은 입안으로 우물거렸다. "저는 일본인이 아니라서……." 이후 소년은 자신을 이산인離散人(디아스포라)으로 인식했다. 그리고 나치 지배 아래에서 공포와 불안에 떨었던 유대인의 흔적, 영국 통치 시기에 우간다로 이주했다가 뒷날 다시 영국으로 이주한 인도계 여인의 사연, 팔레스타인 지식인의 논문, 중국 연변의 조선족 등을 찾아다녔다. 바로 거기에 자신의 모습이 있기 때문이다. 재일교포 지식인 서경식(1951~)의『디아스포라』에 나오는 이야기이다.

나는 여전히 가끔 거울 속의 타자에 놀라고, 서경식은 지금도 밖으로 '그'를 찾아다니고 있다. 아무리 보아도 낯설기에 고흐(1853~90)는 좋은 거울을 샀고, 40여 점의 '자화상'을 그렸다. 비슷한 시기 유럽의 표현주의를 주도했던 제임스 앙소르(1860~1949)와 막스 베크만(1884~1950)은 각각 평생 112점과 80점의 자화상을 남겼다. 반대로 우리는 또 서경식처럼 골목길 이주노동자의 불안한 표정에서, 살곶이 다리 아래 목을 웅크린 철새의 자세에서, 그리고 불타버려 재만 남은 남대문에서 우리 자신을 만난다. 우리는 거울 속에서 타자를 만나고, 타자에게서 자기를 발견하는 것이다. 성찰하는 자에게 세상의 모든 것은 나를 비추어주는 거울이지만, 여기서는 좁은 의미의 '거울'만을 이야기하기로 한다.

"나는 누구인가?" 조건과 태생을 따져보고, 살아온 생애를 하나하나 떠올리고, 거울을 들여다볼수록 '나'는 점점 더 낯설어진다. 몇 권의

막스 베크만, 「자화상」, 1944년, 60×95cm.

소설을 쓸 수 있고 열 편의 다큐멘터리를 만들어도 모자를 것 같은 '나의 정체'는 의외로 짧은 시구에서 그 면목이 드러난다.

애비는 종이었다. 밤이기퍼도 오지않았다.……
스물세햇동안 나를 키운건 팔할ㅅ割이 바람이다.

— 서정주, 「자화상自畵像」

내 삶의 내력은 "애비는 종"과 "나를 키운 건 팔할이 바람"이라는 두 구절로 해결됐다. 여기서 '종'과 '바람'은 상징이며, 그것은 개념어가 담을 수 없는 복잡하면서도 상호 모순적인 의미를 포괄한다. 걸치고 있는 것을 다 벗고 나면 알몸이 남고, 문장에서 형용사와 부사를 빼고 나면 존재(명사)와 행위(동사)만 남는다. 그리고 삶에서 부수적인 것들을 다 덜어내고 나면 비로소 실체가 드러난다. 서정주의 '종'과 '바람'은 그렇게 다 덜어내고 남은 것이다. "하나의 이미지를 잉태하기 위하여 / 그는 수많은 풍경을 학살한다"(허만하, 「장미의 가시·언어의 가시」)고 했다. '종'과 '바람'은 그렇게 잉태되어 탄생한 것이다. 학살에서 살아남은 것이니 어찌 그것이 슬프게 반짝이지 않을 수 있을까. 여기서 자신에 대한 애착은 그 애착을 버릴 때 비로소 살아남는다는 패러독스가 성립된다.

자신의 삶과 내면을 대상화한 문학의 유래는 멀고도 오래이다. 그 중에는 시화일치론詩畵一致論의 흐름에 따라 자신의 초상화에 짧은 시를 붙이는 특별한 전통도 있다. 김시습金時習(1435~93)은 스스로 자신의 초상화를 그리고 거기에 이런 시를 붙였다.

이하李賀 같은 천재도 내려다보니, 해동海東에선 더욱더 뛰어나구나. 이름 높아 헛되이 기려졌지만, 네 삶에서 만난 자 누구이더냐? 네 모습은 지극히 자그마하고, 네 말은 또 너무도 어리석으니, 의당 너는 네 몸을 두어야 하리, 거칠고 후미진 산골짝 안에.

당나라의 천재 시인 이하李賀보다 뛰어난 능력을 지녔지만, 알아주는 사람을 만나지 못해 후미진 곳에 버려진 존재가 그가 파악한 자신의 모습이다. 김시습은 자화상을 그린 뒤 몇 줄 시를 적어놓고, 그림 속 자신을 보고 이야기를 건네며 마음을 달랬을 것이다. 어떤 이유로든 남들과 소통하지 못하는 것은 모두 남다른 자기애 때문이다. 그들은 거울을 보면서 끊임없이 자기 안의 자기를 호출한다.

역관 출신으로 이언진(1740~66)이라는 이가 있었다. 옛 성현의 길을 가지 않고 뒷세상의 진짜 성인이 되기를 꿈꾸었다. 스물일곱 살 젊은 나이에 죽어가면서 자신이 지은 대부분의 시문을 불살라 없앴다. 살아서 알아주는 사람을 만나지 못했으니, 뒤봐야 보고 이해할 사람이 없기 때문이라고 했다. 그래서 너무 오만하여 일찍 죽었다는 평까지 들었다. 하지만 한 시대 그 재주를 아끼지 않은 사람이 없었으니, 스승 이용휴는 필부 한 사람의 죽음에도 세상에 사람이 줄어든 것을 알 수 있다고 애도했다. 이언진도 자신의 초상화에 짧은 글을 붙였다.

정승 약간 명과, 과거 장원 약간 명. 사람들은 영화롭다 생각하지만, 쯧쯧, 어느 놈의 궁색한 유자儒者가, 감히 천고 문형文衡을 잡고 있는가!

세상엔 정승도 몇 명 있고, 과거 때마다 배출되는 장원급제자도 여러 명 있다. 예나 지금이나 사람들은 그들을 영화롭게 여긴다. 하지만 이언진은 혀를 찼다. 뭘 그렇게 뻐기는지, 또 뭘 그렇게 대단하게 보는지, 또 어떤 생각 짧고 솜씨 없는 유자儒者가 대제학〔文衡〕 자리를 차고 있는지? 깊은 물은 말이 없는데 도랑들이 자랑을 다투고, 사자 그림자 아니 보이는 곳 여우들이 설치는 격이다. 이언진의 눈에 세상은 전도顚倒 그 자체이다. 그는 아마도 종종 자신의 초상화를 지긋이 바라보며, 그 눈 속에서 자신을 찾았을 것이다. 그림이나 거울 속 자기 눈에 깊이 빠져들수록 세상에서 그는 더욱더 외로워진다.

19세기 말에서 20세기 전반에 이르는 시기, 표현주의를 선도했던 유럽의 화가들은 빈번하게 자신의 모습을 화폭에 옮겨 담았다. 고통스럽게 삶과 맞섰던 이들은 끊임없이 자신을 주시하며 의식 아래 감추어진 무의식의 실상을 잡아 끌어내려고 시도했다. 앞에서 말한 고흐, 앙소르, 베크만 외에 뭉크(1863~1944) 등이 대표적 인물이다. 지금도 사람들은 뭉크의 여러 자화상에서 자신의 고통과 죽음과 불안을 읽는다.

이러한 미술사조와 흐름을 같이하여 우리나라에서도 표제는 그림〔自畵像〕으로 하되 내용은 시詩로 하는 작품들이 심심치 않게 나타났다. 서정주의 「자화상」은 1937년에 지어졌다. 굳이 산모퉁이 돌아 인적 없는 외딴 우물을 찾아 남몰래 조용히 그 안을 들여다보고, 거기 비친 사람을 미워하고 그리워하기를 반복하는 윤동주의 「자화상」은 1941년에 탄생했다. 거기에는 자애自愛와 자학自虐을 반복하는 식민지 지식인 윤동주가 있고, 역시 자신에 대한 신뢰와 불신을 되풀이하는 지금의 '나'가 있다.

햇빛이 미치지 않는 우물 속 깊은 곳의 물을 퍼올리는 듯, 이러한 시들은 대부분 자기 내면의 심연을 투시하여 강렬하고 단호하게 드러내는 방식을 보여준다. 1970년대 중반 최승자는 뱀으로 자신을 비유하며 "어머니 나는 어둠이에요"라고 슬프게 말했고, 1990년대 이승훈은 "나는 남이다"라며 자신이 어디서건 타자임을 기운 없는 목소리로 털어놓았다. 최근 이수익은 자신의 자리에 "핏빛 자해自害의 울음소리를 내는 종"을 대신 놓았다. 모두 거울에 비친 자신을 그려낸 시의 자화상이다.

춘추시대 도척盜跖이라는 전설적인 도둑이 있었다. 하루는 제자가 물었다. "도둑질에도 도가 있습니까?" 도척이 대답했다. "있다마다. 남의 집 안에 감추어진 물건을 알아내는 것은 성聖이요, 먼저 들어감은 용勇이고, 늦게 나옴은 의義이고, 때를 앎은 지智이며, 고르게 나눔은 인仁이니, 이 다섯 가지를 알지 못하고 대도가 된 경우는 아직 없었느니라." 『여씨춘추呂氏春秋』에 나오는 이야기이다.

마찬가지로 거울에서 자아를 찾는 문학을 도둑으로 비유하면, 혼자 단도직입하여 감쪽같이 귀중품만 빼내오는 방식이 있고, 홍길동이나 장길산처럼 떼를 지어 계획을 세우고 책임을 나눈 뒤 창고를 열고 수레에 실어 내오는 방식도 있다. 앞의 것이 촌철살인의 어법을 내세우는 자화상과 같은 시의 방식이라면, 뒤의 것은 자전소설 같은 것이 거기에 해당된다. 여기서는 앞의 것만을 살펴본 것이다.

도스토예프스키의 지루한 소설을 읽을 때, 낯선 인물들의 심리는 마치 내 마음속을 말하는 것 같은 착각을 불러일으킨다. 경기도 광주 퇴촌에 있는 얼굴박물관에 가면 석상과 목상의 수백 가지 표정들이 나도 모르게 내 얼굴로 전이된다. 마찬가지로 나는 김시습에게서 '불화不和하는 나'를 보고, 이언진에게서 '혼자 오만하다가 좌절하는 나'를 만난다. 바람을 맞아 주름이 깊게 파인 얼굴과 남몰래 우물을 들여다보는 수줍은 마음도 모두 나의 것이 된다. 옛말에 물에 비추지 말고 사람에게 비추라고 했다. 사회의 풍요를 가늠하는 기준 중의 하나는 다채로운 표정과 자세이다. 내가 나의 얼굴을 그리지 않아도 시시각각 나의 모습을 비추어주는 자화상이 많았으면 좋겠다. 말이 넘쳐 피곤한 세상이다. 나도 좋은 거울을 하나 마련해야겠다.

폐허……

그 위를 지나는 바람은 걸림이 없다

🌿 10년 전 전주에 간 김에 이웃 고을 김제의 금산사를 찾은 일이 있다. 전각과 불상의 크기가 나를 압도했다. 마침 일요일이라 사람들이 북적거려 산사의 적요를 기대하기 힘들었다. 횅한 기분으로 차를 몰아 나오는데, 얼핏 맞은편에 '귀신사歸信寺'라 적혀 있는 초라한 표지판이 보였다. 홀린 듯 차를 잡아 돌렸다. 절집은 허름했다. 작은 건물에는 단청도 입히지 않았고, 지붕 위에는 잡초가 무성했다. 두엇 스님이 있었는데 두 줄 띠의 이른바 백수 트레이닝복 차림이었다. 대웅전 문지방 아래에는 꽃잔디가 무리지어 피어 있는데 모두 땅에 낮게 엎드려 있었다.

경내의 객은 우리뿐이었다. 도무지 권위라고는 느껴지지 않아 우리는 느긋하게 이 구석 저 구석을 둘러보았다. 마당 한 구석의 횃등이의 표정도 심드렁했다. 무심코 아이가 들고 있던 과자를 흰둥이에게 주려는데, 문득 적막을 깨고 걸림 없는 목소리가 들려왔다.

"과자 주지 마쇼, 입맛 버릴께!"

돌아보니 예의 아까 그 백수 트레이닝복 차림의 스님인데, 말을 해놓고도 별 관심이 없는 표정이었다. 난 그만 머쓱해져 흰둥이에게 보시하려던 과자를 내 입으로 넣고 말았다. 그날 집에 돌아와서도 눈에서 지워지지 않는 귀신사의 풍경을, 나는 일기장에 이렇게 적었다.

무너질수록
존재는 진실해진다
폐허만이 자유롭게 숨을 쉰다.

거기서 얻은 건 자유였다. 내가 왜 멀쩡한 귀신사를 폐허라고 생각했는지, 10년이 지난 오늘도 귀신사를 지나는 바람이 그때처럼 자유로운지는 알지 못하겠다.

지난겨울 남원에 갔다가 교룡산성을 찾았다. 잔형이 용케 남은 무지개문으로 들어 대숲을 지나 은적암隱蹟庵에 이르렀다. 1861년 섣달 최제우(1824~1964)가 찾아와 여섯 달 가량 머물렀던 곳이다. 겨울바람만 바닥의 기와 조각을 스치고 지날 뿐 인적이 없어 적막했다. 맞은편 멀리 지리산 연봉이 보이고, 남원 고을이 한눈에 들어오는 여기서 그는 무엇을 번민하고 또 무엇을 꿈꾸었을까? 그 시대 그의 절망은 단지 그만의 것으로 그치는 것일까? 폐허 위를 서성이는 동안 1861년과 2008

년 사이의 세월은 증발하고, 나는 최제우의 앞에 앉을 수 있었다.

며칠 전에는 강원도 양양의 진전사陳田寺 터를 다녀왔다. 일연 스님(1206~89)이 열네 살에 출가하여 스물두 살 승과에 합격하기 전까지 머물던 곳이다. 여기 머무는 동안 그는 원효와 의상이 낙산사로 관음보살을 친견하러 온 이야기, 조신調信이 불전에서 태수의 딸과 인연을 맺게 해달라고 발원하는 장면, 그리고 견우노인이 수로부인에게 절벽 위의 꽃을 꺾어 바치며 「헌화가」를 부른 사연들을 들었고, 이를 뒷사람들에게 들려주었다. 사람도 집도 다 사라진 곳에는, 눈밭 속의 3층 석탑만이 설악산·동해와 묵언의 대화를 나누고 있었다. 사람들의 발길은 무심히 이곳을 지나쳐 그 위에 새로 복원한 절집으로 향한다. 탑 위를 오가는 바람은 800년 전 사미승 시절의 일연 이야기를 들려준다. 여기서 일연과 나 사이에는 세월의 간극이 사라진다.

1455년 윤6월 세조는 단종에게서 왕위를 넘겨받았다. 이듬해 비밀 모의가 발각되어 사육신이 처형됐다. 더 이상 폭거의 현실을 견디지 못한 청년 김시습(1435~93)은 1457년 봄 머리를 깎고 승려가 되어 길을 나섰다. 그의 발길은 개성에서 평양을 거쳐 묘향산으로 이어졌다. 김시습은 왜 하필 평생의 방랑을 이 길에서 시작했을까? 거기에 폐허가 있었기 때문이다. 개성과 평양은 고려와 고구려의 옛 도읍지이다. 발에 차이는 게 역사고 눈에 걸리는 게 묵은 세월이었다. 어느 것 하나 허물어지지 않은 것이 없고, 빛이 아니 바랜 것이 없었다. 상처 입은 영혼을 달래주는 데는 황량한 폐허만한 곳이 없다. 그의 눈에 든 개성의 풍경은 이러했다.

정사 보던 궁전 비어 새들만 지저귀고 　　　決策殿空喧鳥雀

흥련원 담 무너져 장마비가 줄줄 새네 　　　動螺墻倒雨霖霽

　봄에 떠난 김시습의 발길은 가을이 되어서야 평양에 이르렀다. 평
양의 분위기도 개성과 다르지 않았다. 외려 가을 기운은 고도의 황막감
을 더해주었다. 『금오신화金鰲新話』 중 「취유부벽정기醉遊浮碧亭記」는 송
도의 홍생이 평양에서 기자箕子의 딸을 만나 이야기를 나누고 능력을
인정받는 이야기이다. 그런데 이 작품의 시간 배경은 김시습이 송도를
거쳐 평양을 지났던 해인 1457년이다. 주인공 홍생은 바로 1457년 봄
세상과 맞서며 길을 떠났던 스물세 살 청년 김시습 자신이었던 것이다.
작품에서 홍생은 평양을 두고 이렇게 읊조린다.

풍류 넘친 사연들 모두가 먼지 되니 　　　風流勝事成塵土

적막한 빈 성에는 납가새만 우거졌네 　　　寂寞空城蔓蒺藜

　쓸쓸한 가을의 안개 내리는 밤, 폐허 위에서 홍생은 기자의 딸과
술을 마시고 세상 이치를 말할 수 있었다. 자유야말로 폐허가 주는 특
별한 선물이다. 김시습은 폐허 위에서 비로소 울분으로 갇혀 있던 숨을
크게 내쉬었고, 상상의 나래를 펼 수 있었던 것이다. 그 한숨은 시가 됐
고, 그 상상의 나래는 기이한 이야기가 됐다.
　모든 존재는 세월이 지나면 동강나고 부스러지고 종국에는 무너지
고 만다. 그 위로 바람이 지나고 안개와 비가 내리며 세월이 쌓인다. 동

강 난 비석에는 이끼가 끼고, 허물어진 담장 위아래로 고양이와 족제비가 출입하며, 무너진 집터에는 쑥과 명아주가 자란다. 그중에서도 남다른 감회를 일으키는 곳은 옛 도읍지의 궁궐터와 무너진 성벽, 허물어진 신전神殿, 그리고 주춧돌과 탑만 덩그러니 남은 절터이다. 거룩한 장소였기 때문이다. 빈 자리의 크기는 차지하고 있던 것의 크기에 비례하는 법이다.

부도는 풀에 묻혀 길도 이미 없거늘	草沒浮屠路已迷
들판의 농부들은 옛 절터라 전하누나	野人傳道古招提
김생의 비석 글씨 비바람에 닳았는데	金生碑字磨風雨
애써 이끼 헤치며 옛 글을 찾아보네	强拂苔痕檢舊題

임진왜란 때 순절한 고경명高敬命(1533~92)이 경주의 옛 분황사 터를 찾아 읊은 것이다. 그는 길도 찾을 수 없는 폐사지를 굳이 찾아, 이끼를 헤쳐가며 비바람에 닳은 비석의 글씨를 하나하나 짚어가며 읽어보았다. 무너진 절터에서 그가 느낀 것은 자유이고 겸허이다. 몸은 더 낮아진 대신 영혼은 더 자유로워진 것이다. 그것은 내가 귀신사와 진전사 터에서 얻은 것과 조금도 다르지 않다.

보르헤스(1899~1986)의 소설 「원형의 폐허들」은 꿈꾸는 자에 대한 짧은 이야기이다. 세상 사람들은 대부분 똑같은 마음을 지니고 있다. 그러한 세상에서 주인공 '그'는 특별하고도 초자연적인 꿈을 꾸며 살아가는 사람이다. 그의 목표는 꿈속에서 완벽한 인간을 빚어내어 현실에 내놓는 것이다. 이런 '그'는 잠자고 꿈꾸기 좋은 곳으로 찾아간다. 그곳은 오래 전 화재로 폐허가 되어, 이제는 신도 신앙도 사라진 밀림 속의 신전이다. '그'가 이곳을 찾은 이유를 작가는 이렇게 말한다.

> **그것은 그에게 있어 가시적인 세계의 가장 최소치였기 때문이었다.**
>
> — 황병하 옮김

꿈을 꾸는 사람이 폐허를 찾지 않을 수 없는 이유이다.

1948년 2월 체코슬로바키아에 공산당 혁명이 진행되는 과정에서, 루드빅은 여자 친구에게 보내는 엽서에 두어 마디 농담을 적었다가, 당과 학교에서 쫓겨나고 이후 군대와 광산 노동에 복무하는 가혹한 형벌을 받는다. 의도치 않게 자기가 있어야 할 곳에서 쫓겨나고, 다시는 그 세계로 돌아갈 수 없는 처지가 된 루드빅은 세계와 화합하지 못한다. 그의 마음은 언제나 '그를 망쳐버린 운명'과 '용서할 수 없는 역사의 장난'에 머물렀다. 그는 자신의 고향과도, 옛 친구와도, 그리고 쫓겨나기 전까지 그토록 사랑했던 민요와도 마음을 나누지 못한다. 그런데 불순한 목적으로 15년 만에 찾은 고향 모라비아에서, 군대 시절에 잠깐 만나 위로를 받고 상처만 남긴 채 헤어졌던 여인 루치에를 만나면서 그간 외면해왔던 옛 친구를 만나고, 민요도 다시 사랑하게 된다. 결정적인 계기는 폐허에 버려졌던 자기 모습의 발견이었다. 그는 생각한다.

> **내가 그날 아침에 이 세계가 폐허 속에 영락되어 있는 초라한 모습을 발**

견했기 때문이었다. 폐허 속에, 그리고 특히 '유기'되어 있는 모습을 발견했기 때문이었다. 호언장담의 과장과 아우성의 소란으로부터 버림받았고, 정치적인 선동과 사회적인 유토피아로부터도 버림받았고, 문화를 담당하고 있는 일단의 관리들로부터도 버림받았고, 내 동년배들의 가식적인 정열로부터도 버림받았고, 심지어 제마넥으로부터도 버림받았기 때문이었다. 그리고 이 버림받음이 이 세계를 정화했고, 이 버림받음이 마치 최후를 맞이하는 사람을 정화하듯이 이 세계를 정화했고, 이 버림받음이 감히 맞설 수 없는 '최후의 아름다움'으로 이 세계를 나에게 되돌려주었던 것이다.

— 밀란 쿤데라(1929~), 권재일 옮김, 『농담』

폐허 위에 서면서, 완벽하게 버려졌음을 인정하면서, 삶은 자유로워지고 정화되고 나아가 소생한다. 사람들은 채우고[實] 세우기에[立] 여념이 없지만 현자들은 알고 있다. 무너지고 비우는 것이야말로 마지막에 받아들여야만 하는 숙명이라는 것을. 그리고 모두 다 무너져내리지 않으면 새로운 집을 세울 수 없다는 사실을. 현자들이 폐허 위에서 소생의 의례를 거행하고 문학이 폐허 위에서 지어지는 이유이다.

1968년 6월 함석헌은 남한산성을 가려고 교통편을 알아보았는데 운행하는 차편이 없다는 대답을 들었다. 함석헌은 의아하게 생각했다. 세상에 하고많은 구경꾼들 중에, 나라의 운명이 하마 끊어졌다 이어진 자리를 찾아가는 사람이 적다니……. 남한산성에 다녀온 뒤 그는 말했다. 가물이 심하면 험한 골짜기를 찾아야 하고, 지혜를 얻으려면 무식

존 컨스터블, 「하들리 성을 위한 스케치」, 1828년경, 런던, 테이트 브리튼 갤러리 소장.

한 사람을 만나야 하며, 역사가 험한 고비에 이르고 속 기운이 지치면 지난날의 어려웠던 고비를 다시 찾아야 한다고. 힘들 때일수록 처음의 마음을 잊지 않아야 하듯, 사회가 위난에 처하면 무너진 옛 터에서 활로를 찾을 수 있다고 했다.

나도 가슴에 부는 황량한 바람을 더 견디기 어려울 때, 남한산성 봉암성 밖 법화사 터를 찾아간다. 동쪽으로는 병풍처럼 둘러 솟은 바위가 아름다워 남한산성 총석정이라 불린 곳이다. 지금은 돌보는 사람이 없는, 그야말로 산행객들조차도 찾지 않는 폐사지이다. 옛사람의 시에서처럼 간혹 무당들이 치성을 드린 흔적이 남아 있을 뿐이다. 저물녘이나 비구름이 끼었을 때 음습한 법화사 터를 홀로 서성거리다 보면 두려움이 몰려오고 어서 빨리 나가고 싶은 마음에 사로잡힌다. 아마 나도 모르게 살고 싶은 욕망이 움텄던 모양이다. 그러고 나오면 가슴속에 몰아치던 황량한 바람은 잠잠해져 있다. 그걸 나는 폐허가 주는 소생의 힘이라고 믿는다.

모든 존재는 무너지는 순간 진실해지며, 터만 남은 빈 공간이 우리를 자유롭게 한다. 거대하고 존귀한 것은 우리를 억압하지만, 사라지고 남은 빈 터는 모두를 자유롭게 한다. 여백을 남기지 않고 가득 찬, 완결된 형태는 자꾸 우리를 가두려고 한다. 텅 빈 공간은 우리의 상상을 자극하고 연민을 불러온다. 어루만지고, 들여다보고, 말을 걸게 한다.

남대문이 불타 무너지자마자 사람들이 찾아간다. 사람들이 폐허가 된 남대문을 찾는 이유는, 이제야 어루만지고 이야기를 나눌 마음이 들었기 때문이다. 역설이지만 남대문은 폐허가 되고 나서 우리들 마음속에 들어온 것이다.

　사람은 모두 죽는다. 하지만 사람들은 개인의 죽음에서 지혜를 배워 자신들의 삶을 영속시켜나간다. 그래서 인류가 존속하는 것이다. 이집트 신화에 나오는 바, 500년마다 한 번씩 장작을 쌓고 그 위에 올라 불을 붙여 자신을 불태운 뒤, 타고 남은 재에서 새 살과 피를 얻어 부활하는 불사조(피닉스)는 그러한 인류의 영속을 표상한다. 남대문은 불타 없어졌다. 그렇다고 해서 우리의 국토와 미래 전체를 폐허로 만들 수는 없다. 정부의 대운하 계획은 마땅히 취소되어야 한다. 거듭 말하지만, 사라지는 것들에 마음을 주지 않으면 문학도 우리도 결국 설 자리를 잃고 말 것이다.

탄생……

왼새끼를 꼬아 이 땅에 금줄을 두르리라

🌿 "축하합니다, 딸입니다! 아기도 산
모도 모두 건강합니다."

분만실 앞 간호사의 말에, 나는 제대로 인사도 못하고 우물거리다
가 밖으로 나왔다. 하늘을 보았는데 자꾸 눈물이 어렸다. 눈물이 흘러
고개를 들었는지도 모르겠다. 그때 시 한 구절이 기러기 무리가 되어
먼 하늘을 가로질러갔다.

한 송이 국화꽃을 피우기 위해
봄부터 솔작새(소쩍새)는
그렇게 울었나보다.

—서정주, 「국화 옆에서」

많은 사람들이 으레 '좋다'고 이야기하는 시이지만, 솔직히 그런 말들은 나와 아무런 상관이 없었다. 그런데 그 멋쩍기만 하던 몇 마디가 첫딸이 태어난 순간 말을 하며 내게 다가온 것이다. 나는 그때 모든 존재는 무수한 곡절을 거쳐 숱한 사연을 안고 태어난다는 사실을 깨달았다. 세상에 깊은 내력 없는 존재는 없다. 지금 살아 숨쉬는 생명은 예외 없이 지구상 생명의 세월만큼 견뎌온 존재들인 것이다. 「국화 옆에서」는 탄생의 비의를 건드린 시이다. 국화를 누님에 비유한 이 시의 세 번째 연은 그렇게 어색할 수 없다. 내 기준에서 이 몇 줄은 떼어버리는 게 옳다.

그로부터 몇 년이 지나 다시 한 아이가 태어났다. 또 눈물이 났다. 우리 삶이란 강물처럼 이어 흐르고 산맥처럼 이어 달리건만, 앞 물이 뒤의 물을 보지 못하고 저 산과 이 산이 만나지 못하듯, 앞 사람과 뒷사람이 하나의 접점을 공유하지 못함을 생각했다. 어느 무덥던 여름날 옥상에 누워 별빛을 보며 그 별과 나 사이 수백만 광년의 세월 때문에 가슴이 시렸듯, 나를 만든 인연과 이 아이가 만들어갈 인연이 서로 닿지 못하는 것이 서러웠다. 나는 눈물 한 방울을 떨구며, 아주 낮은 마음으로 이 아이가 만들어갈 인연을 위해 기도했다. 새 아이를 맞이하는 기쁨에는 아주 깊은 슬픔이 내재되어 있었다. 나는 눈물로 두 아이를 맞이한 셈이다.

그러고 보니 죽음을 보내는 것은 쉬운 일이다. 장례식의 공식적인 표정은 애도이다. 하지만 그건 겉으로 드러나는 표피이거나 당위적인 명분일 뿐이다. 동서고금을 막론하고 상가의 분위기는 북적거리고 때로

「꽃을 꺾는 젊은 여인」, 1세기, 높이 30cm, 나폴리 국립박물관 소장.

는 흥겹기까지 했다. 풍악을 울렸고 놀이를 베풀었다. 술을 마시고 노래를 불렀다. 음란한 연희를 펼치기도 했다. 조선시대에는 이러한 풍조가 만연하여 논란이 일었을 정도이다. 죽음을 대하는 문학의 입장 또한 크게 다르지 않았으니, 죽음에 대한 헌사를 빼고 나면 문학사의 흐름이 이어지지 않을 정도이다. 거기에는 알지 못할 묘한 홀가분함이 있다.

하지만 삶을 맞이하는 건 쉬운 일이 아니다. 탄생을 위한 공식적인 태도는 축하이다. 하지만 실제 그 분위기는 언제나 차분하고 고요하다. 누구라도 함부로 말하지 않고 노래하지 못한다. 거기에는 오랜 기다림과 견디기 힘든 진통이 있다. 피가 흐른다. 새로 태어난 생명의 곁에는 죽음이 도사리고 있다. 그것을 피해간다고 해도 죽음을 떠안고 살아가는 것은 그의 숙명이다. 생명의 탄생에 엄숙함과 비장함이 감도는 것은 이 때문일까? 허만하는 "창조하는 정신은 언제나 / 피를 흘린다"(「創자에 대하여」)고 했고, 유하는 "글을 쓰는 매순간 내 몸은 / 여성이 된다 으아아아아"(「Becoming Woman」)라고 했는데, 이는 모두 출산의 아픔에 근원을 두고 있는 은유이다.

지바고의 가족은 볼셰비키 혁명의 태풍을 피해 기차를 타고 우랄지역으로 옮겨갔다. 그해 겨울 아내 토냐가 임신을 했다. 지바고는 일기를 썼다. 아이를 낳을 때 모든 여성들은 버림받고 난 외로움으로 고독감에 잠긴다. 여성은 혼자서 아이를 낳고, 실존의 한 모퉁이에 요람을 놓기 위해 조용하고 안전한 장소로 옮기고, 말없이 홀로 아기를 키운다. 모든 어머니는 성모 마리아이기 때문이다. 그의 일기는 이렇게 이어진다.

주는 마리아의 영광이었다. 모든 여성에게 있어서 신은 그 자식 가운데 있기 때문이다.……모든 여성은 위인의 어머니인 것이다 — 훗날 그들을 실망시키는 때가 있더라도 그것이 여성의 죄는 아니다.

—오재국 옮김

새 생명을 낳을 때는 필연적으로 세상으로부터 절연된 고독감이 수반된다. 진통 끝에 아이를 낳고, 안전한 곳으로 옮기고, 말없이 돌본다. 새 생명을 낳기 위해서는 여성이 될 수밖에 없다. 모든 어머니는 모두 위대하다. 그가 낳은 자식이 바로 신이기 때문이다.

새 생명을 맞이하는 의례는 침묵의 기도이다. 가시적인 물상에 마음을 빼앗기지 않기 위해 눈을 감는다. 적막이 흐른다. 마지막 꽃잎 하나가 피려고 마지막 떨고 있는 고비에는, 바람도 햇볕도 숨을 죽이고, 기다리는 나도 눈을 감는다.(이호우, 「개화開花」) 깊은 산간 마을의 눈 오는 아침에 나이 어린 아내가 첫아들을 낳았다. 캄캄한 부엌에서는 늙은 홀시아버지가 미역국을 끓인다. 그 마을 외딴 집에서도 산국을 끓인다. 태어난 아이의 외가일 것이다. 뜰의 배나무에서 무심히 짖는 까치 소리는, 외려 아무도 말하지 않는 산촌의 적막한 분위기를 더해준다. 백석은 1936년 아이가 태어난 평안도 깊은 산촌의 풍경을 시로 빚어내며, 그 제목을 「적경寂境」이라고 했다. 탄생 앞에서는 숨을 죽이는 법이다.

소리가 없어 적막한 것이 아니다. 깊은 산중의 그윽함은 간헐적인 뻐꾸기 울음소리로 더 깊어진다. 새 생명의 탄생에는 대지를 헤치고 나오는 기세와 알을 깨는 소리가 있다. 이 기세와 소리는 생명을 기다리는 경건한 침묵 속에서만 감지할 수 있다. 임부의 배에 귀를 기울이면 서서히 크게 들려오는 태아의 심장박동소리처럼. 이 소리는 그밖의 세상 모두를 적막하게 한다.

봄비 고와 방울도 지지 않으니 　　　春雨細不滴
밤중에도 소리가 아니 들렸네 　　　夜中微有聲

눈 녹아 남쪽 시내 불어났거니 　　　雪盡南溪漲
풀싹들이 얼마간 돋아났으리 　　　草芽多少生

— 정몽주, 「춘흥春興」

겨울나무의 혼은 오히려 건조하다. 오리나무 흑갈색 둥치에 시린 귀를 붙이면 물관 속을 흐르는 은빛 물소리가 엷게 깔리는 눈송이 같은 순도로 희박하게 들린다.……거꾸로 흐르는 물소리의 설레임.

— 허만하, 「육십령재에서 눈을 만나다」

너무 고와서 아무 소리도 내지 못하는 봄비를 정몽주는 밤새 들었고, 눈 쌓인 육십령재의 오리나무 흑갈색 둥치에서 허만하는 수직으로 흐르는 물소리를 들었다. 그건 간절하게 기다리고 침묵으로 기도하는 사람만이 들을 수 있는, 생명이 태어나는 소리인 것이다. 스무 살의 양치기 청년은 세상에서 가장 아름다운 스테파네트 아가씨와 산중에서 하룻밤을 보내는 행운을 얻었다. 그때 그는 온갖 정령들이 자유롭게 노닐고, 나뭇가지나 풀잎이 조금씩 자라는 소리를 들었다. 별똥별이 머리 위를 스쳐갈 때는 천국으로 들어가는 영혼의 소리가 들려왔다.(알퐁스 도데, 「별」) 이 소리는 모든 생명을 사랑할 때만이 들을 수 있는 것이다.

곰과 범이 사람이 되고 싶다고 했을 때, 환웅은 한 타래 쑥과 마늘 스무 개를 주며 100일 동안 빛을 보지 말라고 했다. 곰은 삼칠일 동안 그 금기를 지키어 여인으로 다시 태어났다. 곰은 어둠 속에서 견디고 기다린 끝에 사람의 몸을 얻은 것이다. 어떤 생명의 탄생이 그렇지 아니하랴? 유화부인이 방에 있자 햇빛이 따라와 비추었다. 몸을 피하니 또 따라와 비추었다. 그 뒤 유화부인은 태기가 있어 주몽을 낳았다. 세상 어떤 목숨이 태양의 정령으로 잉태되지 않는 것이 있을까? 두 편의 이야기는 위대한 인물의 탄생을 말하는 것이 아니라, 모든 생명의 탄생은 가슴 아린 곡절을 지니며 신성치 아니한 것이 없다는 사실을 알게 하는 것이다.

3월이다. 남도에는 벌써 매화가 피고 동백꽃이 벌었다. 이제 온 산하에 거뭇거뭇 새 생명이 피어오르고, 새들은 짝을 찾는 노래를 부를 것이다. 벽에 허리를 바치고 다부지게 앉아 손에 물을 묻혀가며 느리게 느리게 왼새끼를 꼰다. 말을 하는 것은 금기이다. 금줄을 만드는 것이다. 참숯과 청솔가지는 마련되어 있다. 내가 발 딛고 사는 이 땅의 둘레에 그 금줄을 칠 것이다. 내가 태어났을 때 부모님이 삼칠일 문에 금줄을 쳐 나쁜 기운의 침입을 막았듯이, 또 곰이 삼칠일 어둠 속에서 쑥과 마늘을 씹으며 간절하게 기도했던 마음으로. 어떤 것도 이 땅에 새로 태어나는 생명들을 범할 수는 없다.

탄생을 말하려니, 나도 모르게 마음이 들뜬다. 창가 화분의 작은 선인장 꽃이 예사롭지 않다. 윤동주는 "별을 노래하는 마음으로 / 모든 죽어가는 것을 사랑해야지" 했는데, 나는 오늘 거기에 이렇게 화답한다.

금줄을 치는 마음으로
모든 태어나는 것을 기다리노라.

전장......

상처를 가리지 마라, 얼굴을 돌리지 마라

✿ 방학의 끝자락을 겨우 잡아 3박 4
일 요동遼東 답사를 다녀왔다. 백암성白巖城 일대 마을에서 고구려 관련
설화를 탐문했다. 백암성은 645년 고구려와 당나라의 전쟁 초기에 함
락된 고구려 성으로, 당시 1만 4천 명이 포로가 되어 당 내지로 끌려간
곳이다. 이 일대에는 아직도 연개소문과 그의 누이동생 연개소진淵蓋蘇
眞에 관한 설화들이 전승하고 있다. 요양遼陽에서 안산鞍山 가는 길에
수산首山에 올라 천하의 형세를 조망했다. 수산은 주필산駐蹕山이라고
도 한다. 백암성을 함락시킨 당 태종이 안시성安市城을 향해 가다가 머
물렀다 하여 생긴 이름이다.

그 사이 달린 곳은 모두 요동 벌판이다. 1778년 박지원은 여기를
지나며, "세상을 흔드는 전운이 피어오르는 곳"이라고 갈파했다. 고구

려가 요동을 거점으로 하여 강대국으로 성장하면서, 중국의 전선은 서북쪽에서 동북쪽으로 이동했다. 고구려 이후 발해·요遼·금金·원元·청淸이 잇달아 이 지역에서 일어나 천하를 평정했다. 어니하淤泥河를 찾았다. 여러 설화와 소설에 따르면 당 태종이 연개소문에 쫓기다가 여기서 말이 빠져 목숨을 구걸했다고 한다. 영성자산성英城子山城과 해룡천산海龍川山을 둘러보았다. 양만춘이 이끄는 고구려군이 당나라 군사를 물리친 안시성으로 추정되는 곳이다.

답사를 떠날 때 배낭에 넣어간 자료는 『당서지전唐書志傳』 등 고구려와 당나라의 전쟁을 다룬 소설과 역사 자료들이었다. 혼자 떠난 이번 답사는 호젓했다. 새벽마다 객사에서 밑줄을 치면서 이 자료들을 읽었고, 사이사이 미명의 창밖을 내다보며 전쟁과 역사와 문학을 생각했다. 당 태종을 애꾸로 만들어버린 양만춘의 이야기나, 어니하에서 무릎 꿇고 목숨을 구걸했던 연개소문의 이야기는 애써 마음 구석에 밀어놓았다. 손쉽게 그런 이야기를 떠올리는 것은 전장에 대한 예가 아니라고 생각했기 때문이다.

마지막 날에는 요양과 심양瀋陽 사이 사하沙河 변의 고구려성터를 찾았는데, 그 일대는 모두 1904, 05년 노일전쟁의 격전지였다. 성안 구석에는 러시아군의 위령탑이 서 있고, 저 멀리 둔덕에는 일본군의 기념탑이 아스라하다. 떠나기 나흘 전에는 병자호란 당시 청 태종이 말을 타고 올라 남한산성 안을 살폈다는 한봉성汗峯城을 답사했고, 그 즈음 읽고 있던 책은 1930년대 후반 스페인의 내전을 다룬 헤밍웨이의 『누구를 위해 종은 울리나』였다. 최근 나는 옛 전장만을 찾아다닌 것이었다.

그러고 보니 언젠가부터 내가 찾아다니는 곳의 태반은 옛 전장이었다. 그 황량함이 나를 끄는 것일까? 긴 세월에도 묻히지 못하는 아픈 사연들이 나를 부르는 것일까? 그 사연과 공간이 모두 현재 나의 일부이기 때문일 것이다.

당나라의 이화李華가 지은 「옛 전장을 조문하는 글弔古戰場文」은 이렇게 시작한다.

> 끝없이 넓은 벌판엔 사람 하나 보이지 않는다. 강물은 굽이 돌아 흐르고 산은 겹겹으로 둘러 있다. 해는 저물어 사위는 어두워가는데 바람 소리는 구슬프다. 쑥잎은 끊어져 날리고 풀은 말라 있으니, 서늘하기가 마치 가을 새벽 같다. 새들도 내려앉지 않고 짐승들은 놀라 흩어져 달아난다. 정장亭長이 내게 말한다.
> "여기는 옛날 전쟁터입니다. 3군이 전멸했지요. 날이 흐리면 간혹 귀신의 울음소리가 들리기도 한답니다."

옛 전장의 음습한 분위기가 글 밖으로 새어나온다. 이후 많은 문사들이 옛 전장을 선뜻 떠나지 못하며 적지 않은 시문을 지어냈다. 전장의 분위기는 대개 서늘한 바람과 흐느끼는 시내, 밭 갈 때 나오는 백골과 녹슨 병장기, 그리고 비오는 날이면 들려오는 귀곡성 등으로 조성된다. 하지만 나그네는 그렇게 한번 감회를 토설하고 지나면 다시 오지 않는다. 수천 명이 죽은 전투에 대해서도 역사의 기록은 대개 몇 줄을 넘기지 않는다. 몇 편의 심상한 설화가 그 주변을 배회할 뿐 대부분 전

들라크루아, 「산속에서 전투를 벌이는 아랍인들」, 1863년, 75×92cm.

장의 사연은 그렇게 잊혀져간다.

백암성은 관련 역사 사실이 분명한 데다, 성곽이 웅장하고 아름다워 한국의 답사팀이 많이 찾는 곳이다. 그런데 이 산성의 서쪽 자락에 두 사람의 조선족 노인이 살고 있는 것을 아는 사람은 많지 않다. 집을 나란히 하고 아내와 단출하게 사는 박경춘朴京春과 박하춘朴賀春 형제가 그들이다. 북쪽 성벽에 오르려면 두 사람의 집을 오른쪽으로 끼고 돌아야 한다. 두 사람은 우리말을 한마디도 알지 못한다. 그들은 350여 년 전 병자호란 즈음 청나라에 끌려온 조선 유민의 후예이기 때문이다.

이웃집에서 마작을 두던 박하춘 옹은 서둘러 돌아와 반갑게 맞아주며 담배부터 권했다. 목을 태우는 독한 연기에 기침을 참으며 70노인과 맞담배를 피웠다. 우정의 표시였다. 나는 박노인의 얼굴에서 전란 속에 낯선 땅에 끌려와 모진 삶을 살았던 먼 조상의 비애를 읽는다. 그는 이런 내 마음을 알지 못할 것이다. 백암성에서는 오늘도 매일 1만 4천 명의 고구려 백성이 포로로 끌려가고, 370년 전 조선의 유민이 아침마다 역사의 상처를 말없이 일깨우고 있다. 올 여름에 다시 올 테니 태자하에서 잡은 생선 매운탕에 바이주白酒 한 잔 하자고 제안했다. 노인은 시원하게 웃으며 고개를 끄덕이고 손을 흔들어준다. 떠날 때는 서로의 마음을 묶기 위해 약속을 하지만, 막상 돌아오고 나면 약속을 지킬 일이 난감하다.

1619년 3월 4일, 1만 3천 명의 조선 군대는 후금의 기마부대와 마주쳤다. 전선에 가까워지면서 조선군 진영은 불안에 휩싸였고, 들판에 뽀얀 먼지가 일어날 때 불안은 공포로 바뀌었다. 이날에만 조선군 8천여 명이 전사했고, 나머지는 포로가 됐다. 들판에 널린 조선군 시신들 위로 까마귀 떼가 모여들었다. 온몸에 부상을 입고 신음하던 군사도 있고, 어머니가 있는 고향 집 문을 들어서는 꿈을 꾸며 죽어가던 병졸도 있었을 것이다. 역사는 이날의 전투를 심하전역深河戰役이라고 부른다. 요녕성 환인현桓仁縣 홍당석紅塘石 마을 앞 들판이 바로 그 현장이다. 그 날 이후 조선 사람이 여기를 찾았다는 기록은 없다. 마치 아무런 일도 없었다는 듯, 오늘날 그 들판 위에는 벼와 옥수수가 자라고 눈이 내리고 새가 난다.

이에 대해 문학이 한 일이란, 한두 사람을 이념의 영웅으로 치켜세우고 한두 사람을 악인으로 매도하여 선악의 구도를 만들거나, 시 몇 줄에 탄식과 비감을 담아낸 것이 전부였다. 병자호란 이후 인조의 굴욕을 통분하고, 인질로 끌려간 세자와 대군을 동정하고, 척화斥和에 앞장선 대신들을 칭송하는 시문은 수천 편이 나왔다. 하지만 유감스럽게도 전장을 찾아보고 유민들을 돌아보며 교훈을 가슴에 새겼다는 말은 들어본 적이 없고, 패전의 쓰라린 상처를 고스란히 되살려내면서 전쟁의 실상을 돌아보게 한 작품도 찾아보기 힘들다. 문학이 상처를 바로 보지 못했거나, 진실을 왜곡하는 권력의 편에 섰거나, 너무 손쉽게 아픔을 잊어버리려고 했기 때문이다. 교사 출신으로 마을에서는 지식인에 속하는 박 노인 형제도 자신들의 역사적 내력을 알지 못한다. 슬픈 일이다.

그런 가운데 한 사람의 사연이 그때의 정황 일부를 보여준다. 김영철은 19세에 심하전역에 나갔다가 포로가 됐다. 현지 여인과 결혼하여 두 아들을 낳았다. 후금 진영을 탈출해, 산동성 등주登州에서 결혼하여 또 아이 둘을 낳았다. 몰래 몸을 빼내 고국으로 돌아왔다. 김영철은 만어滿語와 한어漢語를 잘 한다는 이유로 계속 전쟁에 차출됐다. 하지만 조정은 그의 공을 보상하기는커녕 가혹하게 착취했다. 김영철은 60이 넘도록 네 아들과 함께 산성에서 수자리 살며, 마음이 울적하면 두고 온 가족이 있는 북쪽과 서쪽을 바라보며 슬프게 눈물을 흘렸다. 홍세태 (1653~1725)는 김영철의 삶을 다 기술하고 난 뒤 이렇게 논평했다.

　　손톱만한 상도 받지 못했고, 현령은 말 값을 기어이 받아냈고, 호조에서
　　는 담배 값을 독촉했으며, 늙도록 성을 지키는 병졸로 부렸다. 곤궁과 억
　　울함에 시달리다 죽고 말았으니, 이것으로 어찌 천하에 충의지사를 권면
　　할 수 있으랴!

　　이 이야기는 실전實傳이다. 홍세태는 김영철 한 사람의 생애를 기록하여, 그로 하여금 전쟁의 참상과 권력의 무책임을 온몸으로 항변하게 했다. 김영철이 멀리 두고 온 가족들을 생각하며 눈물을 흘릴 때 내 마음은 한없이 슬퍼진다. 나머지 전해지지 않는 사연들은 다 어디로 간 것일까? 나는 못내 그 잃어버린 사연들이 궁금하다.

　　지나고 나면 한 사람의 영웅이 남고 수많은 아픔이 묻혀버리는 것, 그것이 전쟁이다. 사람들은 상처를 외면하려 한다. 아픈 경험은 어서 잊고자 한다. 본능이다. 우리는 많은 전쟁을 겪었고, 우리가 사는 이 땅은 옛 전장 아닌 곳이 없다. 당연히 우리는 더 많은 아픔을 기억해야 하고, 전쟁을 막는 지혜를 더 많이 가지고 있어야 한다. 하지만 실상은 그

렇지 않다. 아픔 많은 사람이 애써 밝은 표정으로 내면의 균형을 맞추어가듯, 우리는 쉽게 전쟁의 기억을 떨쳐내려 한다. 여기에 편승, 문학은 인식과 현실 사이의 안개가 된다. 앞장서 사람들과 전쟁이 직면하지 못하도록 하는 것이다.

하지만 전장에 서보라. 환상도 탄식도 부질없다. 거기서는 아픔만이 실존이다. 문학은 사람들과 전장의 실상 사이에 안개를 만들지 말 일이다. 전장을 응시하여 역사의 상처를 보게 할 일이다. 타자의 고통을 체험하여 자기의 아픔으로 삼게 할 일이다. 전장에서만큼은 우리 모두 리얼리스트가 되어야 한다. 문학이여, 전장을 피하지 마라!

모순......

불일치의 세계, 진실이 머무는 곳

다함없이 흐르는 산 아래 시내   無盡山下川

산속의 스님에게 보시를 하네   普供山中侶

각자 바가지 하나 지니고 와서   各持一瓢來

모두가 온 달빛을 담아 가누나   總得全月去

이태준李泰俊(1904~?)이 「무서록無序錄」에서 추사秋史 김정희金正喜(1786~1856)의 작품으로 소개하며, 염불처럼 자꾸 외고 싶은 시라고 했다.(추사의 문집에는 없음) 입에 달고 싶다고 했으니 시에 대한 것으론 최고의 찬사이다. 이 시의 그 무엇이 이태준의 마음을 사로잡았을까?

1, 2구에서 시내가 수행자들에게 베푸는 것은 물이다. 그런데 4구에서 스님들이 가져가는 것은 달이다. 이 짧지 않은 사이에 미묘한 균

열이 있다. 또 물이 목적이라면 한 사람이 큰 물통을 가져오면 될 일인데, 각자 모두 바가지를 가지고 오는 이유는 무엇일까? 천강千江에 새겨진 달(불법)을 얻으려 용맹정진하는 수행자의 모습을 그린 것일까? 이는 그야말로 사공명주생중달死孔明走生仲達을 '죽은 공명이 달아나며 중달을 낳았다'고 풀이한 촌학구村學究의 해석이다.

여기서 달은 소망과 염원의 표상이다. 산중 승려들에게도 좀처럼 아물지 않는 상처가 있고, 지워지지 않는 그리움이 있다. 이들이 밤중에 제각각 바가지를 들고 와서 달을 담아가는 것은, 내면에 감추어진 상처와 그리움을 달래는 행위인 것이다. 이렇게 해석하니 먹 산수화 같은 시의 풍경에서 삶이 생동한다. 김정희는 일일이 말하지 않고도 수행자의 인간적 면모가 절로 드러나게 했다. 이태준이 사랑한 것은 탈속의 청정함과 인간의 따스함이 절묘하게 어우러진 풍경이고, 경물만을 그려 마음은 절로 드러나게 한 솜씨이다. 표면과 내면 사이에는 합치되지 않는 틈이 있다.

모파상(1850~93)의 「고인」은 주인공 '나'를 주인공으로 삼은 짧은 이야기이다. 사랑하던 여인이 죽어 그녀의 장례식을 치렀다. 그녀와 함께 했던 공간과 물건들을 견딜 수가 없어 그녀의 묘지를 찾아갔다. 대리석 십자가에는 이렇게 씌어 있었다.

그녀는 사랑하고 사랑받다 잠들었노라.

오래 머물고 싶었으나 쫓겨날 것을 피해 이리저리 몸을 숨겼다. 날이 어두워지자 그녀의 무덤을 찾아가는데 이상한 소리가 들렸다. 옆 무덤의 대리석 판이 올려지더니 시체 하나가 나타났다. 그 앞 비석에는 "여기 ○○○가 쉰한 살의 나이로 잠들다. 벗들을 사랑했고, 정직했다. 선량한 그는 주님의 평화 속에서 잠들었노라"라고 씌어 있었다. 시체는 자기 비석의 글을 읽더니, 작은 돌을 주워 그 글씨를 지우고 새로 썼다.

여기 ○○○가 쉰한 살의 나이로 잠들다. 유산상속을 바라 가혹하게 대하여 아버지의 죽음을 재촉했고, 아내에게 고통을 주었다. 아이들을 괴롭혔고, 이웃을 속였고, 기회만 있으면 도둑질을 한 그는 비참하게 죽었노라.

주위를 돌아보니 모든 무덤들이 열려 있고, 시체들이 무덤에서 나와 묘비에 새겨진 거짓말을 지우고 진실을 써넣고 있었다. 나는 그녀 역시 비석에 새로운 문구를 새겨넣고 있을 것이라고 생각하여 무덤을 찾아갔다. 내가 조금 전에 읽었던 대리석 십자가에는 이렇게 씌어 있었다.

어느 날 불륜 관계를 맺으러 나갔다가 비를 맞아 감기에 걸려 죽었노라.

—한용택 옮김

1735년 1월, 북경을 다녀오던 박문수는 평양을 지나며 역대 감사들의 생사당生祠堂과 선정비善政碑가 헤아릴 수 없이 많은 것을 보았다. 모두 감사의 선정 여부와는 상관없이 백성들의 고혈로 세워진 것들이었다. 박문수는 영조에게 진언하기를, 선정비는 모두 대동강에 빠뜨려 버리고 생사당의 초상화는 치워버리게 해야 폐단이 없어질 것이라고 했다. 영조는 그대로 시행하게 했다. 지금 대동강에는 그때 버려진 비석들이 잠겨 있을 것이다.

하지만 그러한 관행은 그 이후에 더욱 기승을 부렸다. 함경도 무산 땅의 권노인은 의병장 최동욱에게 왜인들을 위한 호닭의 유래를 설명하며 차유령 영마루에 줄지어 서 있는 불망비不忘碑에 대해서도 말해주었다. 그에 따르면 비석의 크기는 재임시의 폭정과 비례한다. 이기영의 『두만강』에 나오는 이야기이다. 지금 우린 어느 고을에 가도 어디 한 자리를 차지하고 줄지어 서 있는 선정비를 볼 수 있다. 나는 그 빗돌들을 볼 때마다 고개를 갸웃거린다. 이렇게 현명한 관리들이 많았는데 왜 나라는 그렇게 망했으며, 이 땅의 백성들은 아직껏 분단의 고통을 겪고 있는 것일까? 이 빗돌들은 영광의 표지일까, 아니면 실패의 증거일까? 기록과 실상 사이에는 심각한 허위가 있다.

1930년대 후반, 스페인 내전에 참여한 이비에타는 파시스트들에게 사로잡혀 총살형을 선고받고 다른 두 사람과 함께 지하실에 수감됐다. 이튿날 아침이면 형이 집행될 것이다. 그는 극도의 공포감에 사로잡힌 두 사람을 보며, 추한 꼴을 보이지 않기 위해 몸과 마음을 다잡았다. 파시스트들은 이비에타에게서 그의 동료가 숨은 곳을 알아내기 위해 교묘하게 압박했다. 이비에타는 끝까지 의연함을 잃지 않으며 일부러 동료의 소재와는 상관없는 곳을 알려주었다. 예상과 달리 이비에타는 총살형을 면했다. 며칠 뒤 그는 자기가 일부러 틀리게 알려준 곳에서 동료가 사로잡혀 총살됐다는 소식을 듣게 됐다. 그 동료는 사람들에게 폐를 끼치지 않기 위해 은신처를 옮겼는데, 그게 하필 이비에타가 알려준 그곳이었던 것이다. 사르트르(1905~80)의 소설 「벽壁」(1939)의 줄거리이다. 이야기는 이렇게 끝난다.

> 모든 것이 빙빙 돌기 시작했다. 나는 다시 땅에 주저앉았다. 어찌나 웃었던지 눈에는 눈물이 괴어 있었다.
>
> — 이환 옮김

로맹가리의 「벽壁—성탄절을 위한 콩트」는 레이라는 의사가 젊었을 때 스코틀랜드에서 겪은 사연을 들려주는 형식의 짧은 소설이다. 당시 그는 한밤중 검시 업무에 호출될 때가 많았다. 12월 사글세방에서 목매어 자살한 대학생을 검시하게 됐다. 남긴 메모로 보아 그는 옆방의 처녀를 흠모했지만 용기가 없어 말을 꺼내지 못하다가, 성탄절 밤 옆방에서 들려오는 기묘한 소리를 관능적인 것으로 오인해, 절망감을 이기지 못해 목을 매었다. 레이는 발길을 돌리려다가 호기심에 옆방 문을 노크했다. 대답이 없었다. 주인이 문을 열었을 때 음독자살한 처녀의 모습이 나타났다. 유서로 보아 그 처녀 또한 고독감과 인생에 대한 염증을 이기지 못해 목숨을 끊은 것이다. 청년이 들었던 소리는 독약을 먹고 괴로움에 몸부림치던 소리였던 것이다.

의지와 운명은 이렇게 어긋날 때가 많다. 인생은 생각하면 희극이고 느끼면 비극이란 말이 나온 이유이다.(버나드 쇼) 생각하면 우습지 않

은가! 현진건의 「운수좋은 날」 또한 그러한 모순에 대한 통찰을 보여
준다.

어쪄 내 일이야 그릴 줄을 모르던가
이시랴 하더면 가랴마는 제 구태여
보내고 그리는 정情은 나도 몰라 하노라.

— 황진이

"나 이제 가네." 정인은 의관을 갖추며 힘들게 엉덩이를 떼었다.
"아니 가긴 어딜 가신다고요?"라며 마음을 붙였다면 그도 차마 선뜻 문
을 나서지 못했을 것이다. 그런데 황진이 입 밖으로 나온 말은 그게 아
니었다. 마치 아무렇지도 않다는 듯, "살펴 평안히 가시오서." 애걸이
라도 해서 잡아두고 싶은 마음과 달리 말은 그를 선선하게 보내준 것이
다. 님이 떠난 뒤 혼자 남은 황진이는 이해할 수 없는 자신의 처사에 입
맛을 다시며 짧은 탄식을 내뱉었다. 위의 시는 마음과 말 사이에서 길
을 잃은 황진이의 탄식인 셈이다.
　모든 존재는 자기 안에 이타적인 요소들을 지니고 있으며, 이 다른
요소들은 불일치하는 것은 물론 상호 모순·대립하면서도 동거한다. 나
도 세상도 자기 안에 이타성을 지닌 모순의 존재이다. 열등감은 엉뚱한
우월감으로 나타나고, 결과는 노력을 배반하며, 똥 묻은 개가 겨 묻은
개에게 눈을 부라린다. 고상한 표정은 추악한 욕망을 감추고 있으며,
극약은 독성과 약성을 함께 지니고 있다. 인구가 인구센서스의 발표를

빗겨가듯이, 실상은 언제나 규정을 조롱하며 달아난다. 이러한 불일치와 모순이 존재의 진실이다.

권력은 언제나 그러한 불일치와 모순을 일소하고 어긋남 없는 동일성의 세계를 만들려고 한다. 이를 위해 군대를 앞세웠고, 신을 내세웠으며, 정교한 이론을 만들었다. 태양으로 작은 빛들을 무화시키고, 큰 목소리로 작은 목소리들을 잠재우려 했다. 불일치를 견디지 못한 권력이 휘두른 전가의 보도는 선택과 통합이다. 그것은 흐트러짐 없는 일사불란한 세계를 기획한다. 하지만 그런 기도가 성공했다는 말은 들어본 적이 없다. 차이가 없으면 조화가 있을 수 없고, 모순이 없으면 건강한 운동이 일어날 수 없다. 조화와 운동이 없다면 그 결과는 파멸일 뿐이다.

태양이 서산 너머로 침강하면 숨었던 작은 빛들이 나타나고, 사람과 기계 소리에 묻혀 있던 풀벌레들 소리가 들리기 시작한다. 문학은 그런 작은 진실들을 주목한다. 때로는 군대를 막아섰고, 때로는 신에게 저항했으며, 때로는 정교한 이론의 허위를 해체해버렸다. 이를 위해 짓밟힌 이들의 신음소리에 귀를 기울였고, 거대한 신전과 마주섰으며, 밤을 새워 몇 줄의 글을 고민했다. 문학의 소임은 웅변으로 세상을 선동하는 것이 아니라, 사라지고 버려지는 작은 진실들을 살려내는 것이기 때문이다.

대립항들 사이의 거리와 편폭이 존재의 깊이와 너비를 결정한다. 그 깊이와 너비를 포기할 수 없기에, 문학의 시선은 언제나 균열과 틈, 불일치와 모순에 머문다. 그리고 어떻게든 그것을 온전하게 살려내려

하는 것이다. 함민복은 달빛과 그림자의 경계로 서서, 집 안과 밖의 경계인 담장에 핀 국화를 보았다. 그 국화는 전생과 내생 사이에 핀 것이다. 하지만 눈물이 메마르면 달빛과 그림자의 경계에 서지 못하며, 세상의 숱한 경계를 보지 못할 것이라고 했다.(시,「꽃」) 불일치와 모순의 사이에 서서 불일치와 모순의 경계를 보기 위해 필요한 것은 눈물, 가슴 아픈 사랑인 것이다.

　　모순의 통찰에서 그치지 않고 따스한 눈길로 버무리면 해학이 되고, 웃음 속에 서슬 퍼런 비수를 감추고 있으면 풍자가 되고, 체념하여 고개 숙이고 눈물을 흘리며 비애가 되며, 참지 못해 뜨거운 행동을 일으키면 분노가 된다. 모순은 문학이 태어나는 자리의 근원임 셈이다. 모든 문학은 모순의 통찰에서 출발한다고 해도 지나친 말이 아닐 것이다.

풍류......

청향(清香)은 잔에 지고 낙홍(落紅)은 옷에 진다

🌿 봄 숲은 흥분되어 있다. 꿈틀거리
며 사랑의 행위를 준비하고 있다. 볕은 대지를 유혹하고 바람은 부드러
이 나무들을 어루만진다. 새들의 소리에서는 구애의 관능이 묻어나온
다. 바야흐로 짝짓기의 계절이고 바람나는 시절이다. 숲을 걷다보면 누
군가 내게 묘한 눈짓을 보내는 듯한 느낌에 순간 당황하기도 한다. 봄
숲에서 에로틱한 풍정을 느낌은 옛사람이라고 다르지 않았다.

숙종 임금 시절 아버지 임소인 남원에 있던 책방 도령에게도 새봄
이 찾아왔다. "호연胡燕(명매기) 비조翡鳥(물총새) 뭇 새들은 농초화답弄草
和答 짝을 지어 쌍거쌍래雙去雙來 날아들어 온갖 춘정春情 다퉜으니
......"(「열녀춘향수절가」), 이몽룡은 그 관능적인 느낌에 사로잡혀 아버지
를 속이고 광한루로 행차한다. 쌍거쌍래 농초화답 춘정을 다투는 새들

의 풍정은, 곧 벌어질 춘향과 이도령의 사랑에 앞서 분위기를 띄운다. 대진大陣에 앞서 소진小陣을 펼친 격이고, 본 경기에 앞서 펼쳐지는 개막 행사이다. 이를 읽지 못하면 「춘향전」을 백 번 보아야 헛일이다.

1년 내내 집안에 갇혀 온갖 가사에 시달리던 아낙들이 술과 음식을 장만하고 벗님들 불러모아 화전놀이를 가던 때도 바로 이 시절, 청명淸明(양력 4월 4,5일 즈음) 무렵이었다. 그들은 꽃지짐 몇처럼으로 봄기운을 삼켜 규중에서 썩은 간장을 씻어냈다. 그리고 높이 올라 홍진 세상 굽어보며, 호탕해진 심신으로 또 힘겨운 일상을 버텨내곤 했던 것이다. 이봐 벗님들아, 화전놀이 가자스라.

정극인(1401~81)은 보슬비 내리는 봄 풍경을 바라보다가, 수풀에서 오는 새 소리에서 교태를 느꼈다. "수풀에 우는 새는 춘기春氣를 못내 겨워 소리마다 교태嬌態로다 / 물아일체物我一體어니 흥興이야 다를 소냐."(「상춘곡賞春曲」) 그는 더 이상 참지 못하고 집을 나선다. 고등학교 시절 밑줄을 그어가며 「상춘곡」을 공부했던 기억이 난다. 하지만 이 노래의 가락이 내 몸에서 되살아난 것은, 문학을 공부하고도 한참 세월을 보낸 뒤였다. 나름대로 삶의 신고도 겪어가며 살던 마흔 살 즈음 어느 봄날, 「상춘곡」은 나의 노래가 됐다.

갓 괴여 익은 술을 갈건葛巾으로 받아놓고
곳나모 가지 꺾어 수 놓고 먹으리라
화풍和風이 건듯 불어 녹수綠水를 건너오니
청향淸香은 잔에 지고 낙홍落紅은 옷에 진다.

밑줄 칠 이유도, 분석할 필요도 없는 가락이다. 홍얼홍얼 읊조리기
만 하면 된다. 입시와 취업과 사회적응에 힘겨운 10대, 20대, 30대가 어
찌 이 맛을 알 수 있으리. 삶의 애환이 몸에서 숙성되고, 가끔은 시간보
다 더디게 걷는 여유를 지닌 이만이 맛볼 수 있는 것이다.

　삼연三淵 김창흡金昌翕은 평생 전국을 떠돌며 시문을 짓고 깊은 산
중에 은거하며 독서하는 일로 세월을 보낸 사람이다. 1705년 섣달 스무
날 밤, 그는 이운李溟이란 제자와 함께 묘적암妙寂庵(경기도 남양주시 와부읍
팔곡산)을 방문했다. 마침 날도 몹시 춥고 눈까지 내리려 하여 제자는 나
들이를 그만두자고 했다. 삼연은 흥을 깬다며 크게 꾸짖고는 혼자 걸어
나섰다. 제자는 할 수 없이 좇아나섰다. 계곡에 들어서자 함박눈이 쏟
아져 땅에 한 자나 쌓였다. 제자는 소매로 갓에 쌓인 눈을 연신 털며 가
다가 돌아보니, 스승은 온몸에 눈을 뒤집어썼는데 갓이 눌려 찌그러질
정도였지만 끝내 한 번도 털지 않았다. 제자는 그날 스승의 모습을 두
고 마치 유리광여래가 세상에 나온 듯하다고 했다.

　김창흡도 이날의 느낌을 「눈 속에 묘적암을 찾아雪中訪妙寂菴」란 시
에서 이렇게 남겨놓았다.

　　큰 눈도 이는 흥취 막지 못하니　　　　大雪莫禁興
　　신명이 먼저 일어 길을 나서네　　　　超超神欲行

　1768년 겨울 어느 날 밤 한양 종로의 하늘에 희미한 달빛이 어스름
했다. 청년 박제가(1750~1805)는 생각했다. '이러한 때 벗을 찾지 않으

면 벗은 있어 무엇에 쓰겠는가?' 그는 돈 10전을 움켜쥐고, 가슴엔 『이
소경離騷經』을 품은 뒤, 원각사 탑 북쪽에 있는 유금柳琴(1741~88)의 집
문을 두드려 막걸리를 사 마셨다. 유금은 두 딸의 재롱을 보고 있다가,
박제가를 맞이하여 해금을 탔다. 잠시 후 눈이 내려 뜰에 가득 쌓였다.
두 사람은 시를 지었다. 그래도 흥이 남아 박제가가 다시 시를 지어 제
안했다.

올 적에는 달빛이 희미했는데	來時月陰
취중에 눈은 깊이 쌓였네	醉中雪深
이러한 때 벗이 있지 않으면	不有友生
장차 무엇으로 견딜 것인가	將何以堪
나는 『이소』 지녔으니	我有離騷
그대는 해금 끼고	子挾嵇琴
한밤중에 문을 나서	夜半出門
이자李子를 찾아가세	于李子尋

이자李子은 역시 근처에 살던 이덕무(1741~93)를 가리킨다. 이들은
이덕무의 집을 찾아가 또 술을 마시고 시를 짓고 해금을 켜고 놀다가
잠시 눈을 붙였다. 유금은 이날의 광경을 이렇게 그려냈다.

손님은 『이소경』을 품에 지니고	客持離騷經
눈 오는 한밤중에 나를 찾았네	訪我雪夜半

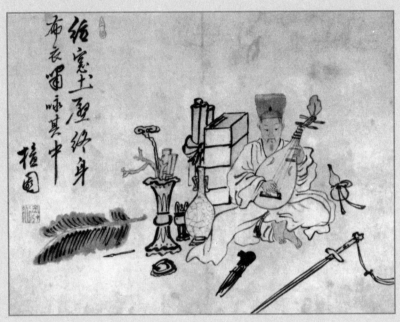

김홍도, 「포의풍류도」, 18세기 말, 27.9×37cm, 최구 소장.

그대의 불평한 마음을 알아　　　　　知君不平心

광릉산廣陵散 한 곡조를 연주하노라　　一彈廣陵散

　　이들이 넘치고 남아 밤늦도록 술 마시고 돌아다닌 것은 아니었다. 세 사람은 모두 서얼이었다. 식견과 포부는 세상을 덮었지만, 이를 펼칠 자리를 얻을 수 없었다. '불평한 마음'이란 그것을 말함이다. '광릉산'은 이름만 전해지는 전설의 곡조이다. 이들은 자기들만의 '광릉산' 곡조를 연주하며, 세상으로부터 외면받은 자신들의 처지와 심정을 위로했던 것이다. 이날의 아름다운 풍경에는 울분과 비애가 감추어져 있다.

　　1798년 정약용(1762~1836)을 비롯한 열다섯 사람이 뜻을 모아 시사詩社를 만들었다. 참여하는 사람의 나이는 정약용보다 네 살이 많거나 적은 것으로 한정했다. 뜻이 모아진 다음에는 규약을 만들었는데, 그중 모임의 날짜는 이렇게 하기로 했다.

　　　살구꽃이 피면 한 번 모이고, 복사꽃이 피면 한 번 모이고, 한여름 참외가 익으면 한 번 모이고, 서늘한 바람이 불면 서지西池의 연꽃을 구경하기 위해 한 번 모이고, 국화가 피면 한 번 모이고, 겨울에 큰 눈이 내리면 한 번 모이며, 한 해가 저물 무렵 매화가 꽃망울을 터뜨리면 한 번 모인다.

　　　　　　　　　　　　　　　　　　　　　　　—「죽란시사첩서竹蘭詩社帖序」

　　이 글을 보고 있으면 먹을 게 없어도 입맛이 다셔진다. 사람들은 나며들며 살구나무를 쳐다보면서 꽃이 언제 피나 살폈을 것이고, 겨울이 오면 하늘을 보며 언제 눈이 오나 기다렸을 것이다. "매달 몇째 주 ○요일, ○시, 회비 ○만 원, 불참시 벌금 ○만 원", 시인의 모임이 이래 서야 어디서 시인의 운치를 찾을 수 있을까? 술자리를 청하려 한다면 마땅히 이런 문자를 넣어야 한다. "자네 집에 술 익거든 부디 날 부르시소 / 내 집에 꽃 피거든 나도 자네 청해옴세 / 백년 덧 시름 없을 일을 의논코자 하노라."(김육) 언제 어디에서 만날지는 그 다음에 상의할 문제이다.

최근 몇몇 술자리에서 폭탄주 세례를 받았다. 예외 없이 대취하여 정신을 못 차렸다. 투자 대비 소득 효과로 보면 최고의 경제성을 지닌 셈이다. 사람들은 묵묵히 마시다가 자기도 모르게 쓰러져 자고, 헤어지고, 그리고 다음날이면 굳이 어제를 기억하지 않는다. 폭탄주를 마시는 이유는 하나이다. 빨리 취해 어색한 사람들로부터 자유로워지고 싶고, 해가 가고 달이 뜨는 느린 시간을 앞질러 가고 싶기 때문이다. 폭탄주 술문화에는 명확하게 경제 논리가 자리 잡고 있다.

속도와 계산이 지배하는 사회에서 풍류는 설 자리가 없다. 하지만 아무리 급박한 상황에서도 일점 여유가 웃음을 자아내듯, 속도의 지배를 받는 가운데도 한 자락 자유가 있다면 풍류를 얻을 수 있다. 풍류란 마음의 작용을 불어가는 대로〔風〕 흘러가는 대로〔流〕 맡겨두는 것이다. 풍류는 바람과 시내의 속도에 마음의 리듬을 맞추는 것이다. 풍월風月 이라고 할 때는 바람과 달의 속도에 삶의 보조를 맞추는 것을 뜻한다. 달이 돌아오는 속도에 맞춰, "솔불 혀지마라 어제 진 달 도다온다 / 아희야 박주산채薄酒山菜일망정 없다 말고 내여라"(한석봉)라고 말하는 것을 이름이다.

> 큰집에서 밤을 이어 잔치가 벌어져도   華堂煥室宴連宵
>
> 부귀할 때의 맛은 쉬이 사라지는 법이라네   富貴中間味易銷
>
> 어찌 눈 내린 깊은 겨울밤 산사에서   何似山齋深夜雪
>
> 한가로이 나무 등걸 태워 술 데움만 하리오 閑燒柮榾暖寒醪

이규보(1168~1241)의 시, 「겨울밤 산사에서의 한 잔冬夜山寺小酌」이다. 천천히, 아주 느리게 술을 데운다. 아름다운 풍경과 따스한 분위기를 천천히 음미하려는 것이다. 이 밤을 어서 보내고 싶지 않은 것이다. 높은 지위에 있어도 한 점 산림의 맛이 없어서는 아니 될 것이라고 했다.(『채근담採根譚』)

한 잔의 소주에도 풍류가 있다. 남의 자유와 희망을 빼앗는 일이 아니라면, 죽을 때까지 버리지 말아야 할 것은 한 자락 풍류이다. 때로 가난하고, 고달프다 해도 말이다. 그런 의미에서 나는 신경림의 「가난한 사랑 노래」를 이렇게 바꿔 부른다.

> 가난하다고 해서 풍류를 모르겠는가
>
> 말없이 달이 뜨길 기다리면서
>
> 목젖 타고 흐르는 소주의 소리를 듣는
>
> 한 자락 풍류를 어찌 버리랴.

불안……

잠과 피곤 사이를 헤매는 방랑자

❦ 소설가 현은 10년 만에 평양을 찾았다. 평양성과 부벽루浮碧樓, 연광정鍊光亭과 청류벽, 그리고 대동강이 우직한 순정으로 맞아주었다. 평양 거리에는 머릿수건 한 여인들이 보이지 않았다. 이제는 그 악센트 명랑한 사투리와 함께 '피양내인'들만이 가질 수 있는 독특한 아름다움인 머릿수건을 볼 수 없게 된 것이다. 현은 폐허가 주는 서글픔에 사로잡혔다. 친구들을 만나 대동강변 동일관에 가서 술을 마셨다. 현은 장구 장단과 「방아타령」이 좋은데, 친구 김은 유성기와 댄스를 고집했다. 가뜩이나 심사가 불편했는데, 친구 김은 현에게 세상에 잘 팔리는 글이나 쓰라며 핀잔을 주었다. 평양에 올 때부터 쌓여온 분기를 참지 못한 현은 기어이 상을 뒤집어엎고 강가에 나가 물결을 바라보며 혼잣말을 중얼거렸다.

"이상견빙지履霜堅氷至……."『주역』에 있는 말이 생각난다. 서리를 밟거든 그 뒤에 어름이 올 것을 각오하란 말이다. 현은 술이 확 깨여진다. 저고리를 여미나 찬 기운은 품속에 사모친다. 담배를 피려 하나 성냥이 없다. "이상견빙지…… 이상견빙지……." 밤 강물은 시체와 같이 차고 고요하다.

— 이태준, 「패강랭浿江冷」(1938)

1930년대 후반, 세상 돌아가는 것이 심상치 않았다. 1937년 일본은 중일전쟁을 일으켰고, 조선에 대한 수탈은 더욱 가혹해졌다. 그런 가운데 조선의 문화는 하나하나 소리 없이 사라져가고 있었다. 소설가는 이러한 정세 변화에 민감했고, 그럴수록 마음은 불안했다. 시대 변화를 감지하고 격분해도 그는 무력하기만 했다. 이제 곧 두꺼운 얼음이 얼 것이라고 생각하니, 조선 땅에 암운이 드리워진다고 생각하니, 술이 확 깨었다. 이 소설의 뿌리에는, 시체처럼 차가운 정세를 감지한 이태준의 불안이 놓여 있다.

귀가 예민한 개는 깊이 잠들지 못한다. 낙엽만 뒹굴어도 귀를 쫑긋 세우며 앞다리를 세운다. 사회적 책임감이 강한 지식인과 예술가는 늘 불안하다. 그들은 늘 어둠이 오는 소리를 듣기 때문이다. 그래서 윤동주는 이렇게 노래한 것이다.

지조 높은 개는
밤을 새워 어둠을 짖는다

어둠을 짖는 개는

나를 쫓는 것일 게다.

—「또 다른 고향」

기원전 222년경 가을, 연燕나라 태자 단丹의 일행은 흰 옷과 흰 갓 차림으로 역수易水(지금의 북경 서남쪽) 가에 모였다. 진시황을 암살하러 떠나는 형가荊軻를 전송하는 자리였다. 형가는 친구의 축筑 연주에 맞춰 노래를 부르고는 역수를 건너 떠나갔는데 끝내 뒤를 돌아보지 않았다. 이후 형가는 자기를 알아주는 주군을 위해 기꺼이 목숨을 바치고, 죽음의 길을 떠나면서도 의연함을 잃지 않았던 인물로 기억됐다. 그가 부른 「역수가易水歌」는 천고의 비장한 노래가 됐다. 사마천司馬遷이 지은 「자객열전」의 내용이다.

사람들은 그를 신념의 화신, 비범한 인물로만 기억한다. 하지만 이는 박지원의 말처럼, 사마천의 마음을 얻지 못한 것이고, 부엌 바닥에서 숟가락을 주워들고 "숟가락이다!"라고 외치는 격이다. 사마천은 이 사건의 앞뒤에, 소심하고 유약한 성격, 주도면밀하지 못한 일처리, 그리고 결행 앞의 머뭇거림과 실패한 뒤 의뢰인의 신분을 노출하는 실수 등을 배치했다. 떠나가며 뒤를 돌아보지 않음은 표정을 보이지 않으려는 안간힘의 표현인 셈이다. 진실을 직언했다가 궁형宮刑이라는 치욕의 형벌을 받은 사마천은, 신념을 위해 결연하게 죽음의 길을 떠나가는 인물 내면의 불안과 두려움을 장면의 구성만으로 보여주고 싶었던 것이다. 사마천의 마음을 얻었다면, 우리는 형가에게서 거대한 운명을 마주하여 죽음 앞에 선 왜소한 인간의 불안에 가득 찬 떨림을 감지할 수 있다.

외지에서 온 도시의 고독자 처용은 아내의 외도를 목격했다. 아내와 역신의 동침은, 역병에 걸린 아내를 은유한다. 그는 넘어서기 어려운 거대한 운명 앞에 선 것이다. 당시 역병은 인간으로선 불가항력이었다. 아내는 죽을 운명에 처한 것이다. 그 앞에서 미친 듯이 춤추고 노래한 것은 굿을 벌인 것이다. 초자연적인 힘을 빌려 아내의 병을 고치고자 한 것이다. 처용 이야기는 거대한 운명 앞에 선 작은 인간의 무력감과 그것을 극복하려는 염원과 절규를 담고 있다. 그의 아내는 죽었고, 대신 처용의 염원과 절규는 주술적 힘을 갖게 됐다. 이후 처용의 이야기는 종교로, 무용으로, 문학으로 거듭나기를 반복했다.

그 이후 천여 년이 지나 김춘수(1922~2004)는 처용에 대한 짧은 노래를 지었다. 그의 「처용단장處容斷章」은 이렇게 시작한다.

바다가 왼종일

새앙쥐 같은 눈을 뜨고 있었다.

이따금

바람은 한려수도에서 불어오고

느릅나무 어린 잎들이

가늘게 몸을 흔들곤 했다.

사람들은 이를 두고 '무의미 시' 운운하며 신라의 처용과도 관련이 없다고 한다. 하지만 어림없는 말이다. 세상에 의미 없는 말이 어디 있을까, 알아내지 못할 뿐이다. 사람들은 '무의미'라는 말의 껍질만 만진 것이다. 나는 바다를 보는 것이 아니라, 바다에 의해서 보여지는 존재이다. 바다의 눈은 어둠 속에서 몰래 응시하는 생쥐의 눈이다. 나는 그 넓은 바다에 의해서 감시당하고 있는 것이다. 가늘게 몸을 흔드는 느릅나무 잎들은 시인의 마음(몸)이다. 남의 시선을 느끼며 몸을 떨고 있음은 바로 불안의 표지이다. 병든 아내 앞에서 절감한 무력감은 천년이 지난 뒤 세상과 대면한 지식인의 불안으로 바뀐 것이다.

근대 이후 문학작품에서 나를 향하는 타자의 시선은 불안 형성의 조건으로 자주 등장한다. 남편 몰래 정부를 만나고 나오던 이레네는 어떤 여인을 만나 협박을 받는다. 그날 이후 이레네는 그 여인의 경멸에 가득 찬 시선과, 자기의 일거수일투족을 관찰하는 듯한 남편의 차가운 눈초리에 강박감을 이기지 못해 자살을 결심한다. 슈테판 츠바이크 (1891~1942)가 지은 「아내의 불안」의 줄거리이다. 루쉰(1881~1936)이 지은 『광인일기狂人日記』의 주인공도 남들의 시선 때문에 극심한 불안을 체험한다. 개도 자신을 노려보고, 노인의 눈길도 이상하고, 아이들의 시선도 심상치 않다. 그는 결국 미치고 만다.

현대인들에게 불안은 타인의 시선으로 밀려온다. 전제 권력이 치밀하게 만들어낸 감시의 시선이 사람들로 하여금 불안과 공포를 넘어 모든 이성과 비판적 사고를 마비시키는 지경까지 이르는 과정을 소름 끼치게 보여주는 것은 조지 오웰(1903~50)의 『1984년』(1948)이다. 이 사회에서 감시되지 않는 것은 없으며, 심지어 사람들의 무의식까지도 철저한 계산 아래 통제된다. 소설의 첫 장면에 교묘하게 그려져 있어 사람이 움직이는 대로 눈알도 따라 움직이는 것 같은 초상화가 등장하는 데, 그 얼굴 아래 다음과 같은 문구가 적혀 있다.

대형(Big Brother)은 당신을 감시하고 있다.

신의 뜻과 사회의 법을 모두 외면한 23살의 청년 라스콜리니코프는 자기만의 의지와 판단대로 살인을 단행한다. 살인 후 그는 자신의 행위를 정당화하려고 고심하는 가운데 극도로 지쳐간다. 아들의 몸에 닥친 비극을 직감한 어머니는 아들을 찾아오지만, 물어보지는 못하고 극도의 불안감에 시달린다. 소냐의 권유로 자수를 결심한 라스콜리니코프는 마지막으로 어머니를 찾아가 뜨거운 사랑을 고백한다.

"어머니, 무슨 일이 생기더라도, 저에 대한 어떤 소문이 들리더라도, 다른 사람이 어머니께 저에 관해 어떤 얘길 하더라도, 지금처럼 변함없이 절 사랑해주시겠습니까?"(『죄와 벌』, 장실 옮김)

불안과 두려움에 싸여 있던 모자는 서로 껴안고 울었다. 이 장면에서 책장은 더 이상 넘겨지지 않았고, 나는 혼자서 하염없이 뜨거운 눈물을 흘렸다. 아들은 자기가 저지른 일을 말하지 못했고, 어머니는 차마 물어보지 못했다. 하지만 서로는 알고 있다. 어머니는 아들의 고통을, 아들은 어머니의 두려움을. 어머니는 아들 생각에 마음이 아플 뿐이고, 아들도 어머니가 걱정될 뿐이다. 어떤 어머니와 아들(자식) 사이가 그렇지 않으랴!

살아 있는 것은 모두 다 불안하다. 형가처럼 우리는 낯선 상황에

직면해서 불안하고, 죽음과 병 때문에 불안하다. 모든 현상은 변화와 운동을 내포하고 있으니, 미묘한 파장, 섬광 같은 떨림, 그리고 눈에는 보이지 않는 균열을 예민하게 감지하는 사람은 불안하다. 이태준이 그렇고, 나치즘의 광풍이 일던 1940년대 유럽에 절망하여 자살한 츠바이크도 그런 경우이다. 신의 품을 외면하고 세상에 홀로서기를 시도한 사람들은 개성과 자유를 얻었다. 하지만 그들은 거기에 수반되는 고독과 불안도 함께 떠안아야 했다. 도스토예프스키와 루쉰과 김춘수의 불안은 힘들게 얻은 자유의 대가이고, 또 오늘날 우리가 체험하고 있는 것이기도 하다. 현대인의 삼우三友는 불안과 불면과 우울이 아닐까?

에스트라공과 블라디미르는 나무 한 그루 서 있는 시골길에 서서 언제 올지 모르는 고도를 기다린다. 이들은 내일을 담보로 오늘을 버틸 뿐, 확실한 것은 아무것도 없다. 두 사람은 끊임없이 지껄이며 고도를 확인한다. 이들이 계속 말을 하는 이유는 하나, 말을 하지 않으면 불안하기 때문이다.(사무엘 베케트(1906~89), 『고도를 기다리며』(1952)) 불안하기 때문에 책을 읽고, 영화를 보고, 술을 마시고, 전화를 걸며, 글을 쓴다. 딱히 이유가 있는 것은 아니다. 50년째 발에 맞지 않는 구두를 신고 언제 올지도 누구인지도 모르는 '고도'를 기다리는 두 사람은 오늘 우리들의 자화상이다.

"아빠, 이거 되게 재밌어!" 초등학교 2학년 아이가 불쑥 말했다. "이거 있잖아, 몽상가……불안……." 내 방문에는 한 후배의 시 「몽상가 K씨의 불안—정신병원」이 붙어 있었다. 그게 뭐가 재미있냐고 묻자, 아이는 도리어 어이가 없다는 듯이 "재밌잖아!" 하고 말끝을 높인다. 아이가 재미있다고 한 부분은, "내 머리 속에 애벌레가 득실거려요 / 나비가 아니라 날개 가진 도마뱀이 되려고 해요"같이 은유가 살아 있는 표현이다. 하지만 내 시선은 자꾸 "누군가 내 머리 속을 들여다보고 있어요"라든가, "문을 열 수가 없어요"와 같은 구절에 가서 머문다. 나는 후배의 불안을 '질병의 징후'로 보았음에 반해, 아이는 '생동生動의 표지'로 받아들인 것이다.

후배의 불안을 질병이나 생동 어느 하나로 규정하는 것은 불가능하다. 하지만 바로 거기서 한 편의 시가 나온 것만은 분명하다. 우리는 누구나 다 불안하며, 그 불안이야말로 우리가 진정으로 살아 있음을 보여주는 징표이다. 불안을 인정하고 들여다보면 거기에서 살아 꿈틀대는 삶을 만날 수 있다. 문학은 반석 같은 안정감을 견디지 못한다. 한국 사람들이 좋아하는 작가 베르나르 베르베르는 말한다.

나에게는 어떤 불안증 같은 것이 있다. 어렸을 때 기분이 안 좋으면 글을 쓰곤 했는데 그러면 기분이 좋아졌다. 나에게 글을 쓰는 것은 무엇인가를 먹는 것과 같은 것이다. 불안감을 넘어서게 하는 치료제와 같은 것이라고 생각한다.

— 웹진 「컬처뉴스」, 2008. 4. 28.

광인의 눈길을 빌려 세상의 부조리를 투시한다

🌿 명료함의 유혹이 있다. 모든 건 명료하지 않으면 안 된다는 강박증이 있다. 모든 문제에는 분명한 답이 있어야 한다는 믿음이 있다. 나의 앎과 믿음에 종속되지 않는 세계가 있다는 것을 견디지 못하는 총명함이 있다. 명료함의 유혹을 뿌리치지 못하는 사람들은 망설임 없이 시비를 가르고 쾌도난마로 상황을 정리한다. 겸허함을 잃은 지식과 신념은 반성하지 않는다. 하지만 문학은 그 명료함을 견디지 못한다. 돌아보지 않는 지식과 신념은 언제나 폭력과 독단으로 변질되기 때문이다. 문학에 있어 세상은 늘 흐릿하고 불확실하다.

기차역으로부터 200킬로미터나 떨어진 한적한 시골마을에 병원이 있다. 이 병원의 6호실은 정신병자 다섯 명이 갇혀 있는 특수병동이다.

6호실의 수위 니키타는 세상에서 무엇보다도 질서를 사랑하는 인물이다. 그는 질서를 지키기 위해서는 때려야 한다는 확신을 지니고 있다. 그는 언제나 하느님을 들먹이며 환자를 착취하고 구타한다. 6호실에는 지식이 해박하나 신경이 예민하여 피해망상증으로 갇혀 있는 이반 드미트리치가 있다. 병원장은 지독한 독서광으로 철학을 사랑하는 허무주의자 안드레이 예피무이치이다.

안드레이는 6호실의 환자들에게 관심을 갖기 시작했다. 어느 날부터인가 그는 매일 6호실을 찾아 이반과 이야기를 나누었다. 이반 드미트리치는 주장한다. 의사들이 미치광이와 정상적인 사람을 구별하지 못해, 불행한 몇몇 사람들만이 속죄양으로 병실에 들어와 있다고. 이에 안드레이는 대답한다. 감옥이나 정신병원이 존재하는 이상 누구든지 그 안에 들어가 있어야 한다고. 두 사람은 정상인과 미치광이 사이에는 근원적인 구분이 없으며, 불합리한 제도와 불온한 의도가 억지로 두 부류 사이를 가르는 것이라는 데 의견의 일치를 보았다.

안드레이는 20년 만에 처음으로 총명한 대화 상대자를 찾은 것이 기뻤다. 의사와 정신병자는 대화하고 교감했으며 소통했다. 하지만 사람들은 차츰 안드레이를 이상한 시선으로 보았다. 더구나 안드레이는 강직함 때문에 고을 유력인사들에게서 미움을 샀다. 그리고 곧 병원장 자리를 잃었다. 새로 부임한 의사는 안드레이를 정중하게 초대하여 6호실에 가두었다. 안드레이는 처사의 부당함을 주장하며 강력하게 항의했지만, 돌아온 것은 니키타의 무자비한 폭력뿐이었다. 물빛 같은 달빛이 쇠창살을 뚫고 들어와 방바닥 위에 그물 같은 그림자를 만들었다.

안드레이는 공포를 느끼며 생각했다.

이 사람들이 몇 년 동안을 매일같이 이와 똑같은 아픔을 맛보지 않으면 안 됐다는 무섭고 참을 수 없는 생각이 똑똑히 떠올랐다. 20년이라는 긴 세월 동안 자기가 그걸 몰랐을 뿐 아니라 알려고조차 하지 않았다는 것이 도저히 믿어지지 않았다. 그는 몰랐다. 고통에 대한 관념조차 없었다.

— 체호프, 「6호실」(1892), 동완 옮김

안드레이는 분노가 치밀어올라 니키타를 죽이려고 하지만, 침대 위에 쓰러져 이튿날 죽고 만다. 이 이야기는 정상인 사람이 미치광이로 취급되어 정신병동에 갇히게 되는 경로와 함께, 정상/비정상의 구분에 작용하는 계략과 폭력을 섬뜩하리만치 생생하게 보여준다. 자기들의 이해관계에 따라 안드레이를 정신병자로 몰아가는 지식인들은 '앎'의 비도덕성을, 어제의 상관을 죽음으로 몰아가는 니키타는 부도덕한 '앎'이 야기하는 잔혹한 폭력을 상징한다. 젊은 시절 레닌은 이 글을 읽다가, 마치 자기가 6호실에 갇힌 듯한 두려움에 사로잡혀 문밖으로 뛰쳐나갔다고 한다.

중행中行의 선비를 얻어 더불어 하지 못하면, 반드시 광견狂狷과 함께 할 것이다. 광자狂者는 진취적이며 견자狷者는 근실하다.

— 「논어」

공자의 말이다. 동아시아 사회에서 '광狂'은 '뜻이 높고 커서 행동으로 받쳐주지 못함'을 뜻하는 말이었다. 이러한 부류의 사람들은 보통 이상주의자로 자기의 뜻을 좇아 세상과 화합하지 못한다. 세상의 허위와 모순을 용납할 수 없고 더더욱 그 논리에 용납될 수 없을 때, 지적·도덕적 우월성과 현실적·사회적 미약함이 교차하는 지점에서 광사狂士가 탄생했다. 공자 뒤로 수많은 사람들이 광사狂士 또는 광객狂客을 자처했다. 광사나 광객을 자처함은 거대하고 완강한 세계에 맞서 자존심을 지키는 방식이었다. 그 팽팽한 대결 가운데서 언제나 시대의 고민을 담은 문학이 태어났다.

광사의 사유와 행동은 인습을 타파하고 부조리를 파헤치는 파괴적인 힘으로 작용했다. 홍우교洪禹敎는 18세기의 광사狂士였다. 술을 잘 마셨는데, 술 마신 뒤에는 반드시 통곡하며 "조여식趙汝式, 조여식" 하고 크게 부르짖었다. 여식은 중봉重峯 조헌趙憲의 자이다. 밥을 많이 먹어 배가 불룩한 사람을 보면 혀를 차며 말했다. "선비가 밥을 많이 먹으면 그 집은 반드시 망하니, 그들은 하는 일이 없기 때문이다." 신분이 높은 사람을 만나면 일면식이 없어도 반드시 '너'라고 호칭하며 이름을 불렀다.

이덕무가 지은 홍우교 이야기이다. 홍우교의 행동은 격식을 파괴한다. 통곡하며 조헌을 찾은 것은 세상에 그만한 인물이 없음에 절망한 때문이고, 배 나온 선비를 보며 혀를 찬 것은 그들의 무위도식을 조롱한 것이다. 고관대작의 이름을 막 부름은 그들의 무능을 욕보인 것이다. 통념을 따르지 않고 지배층의 거짓을 까발려 놓는 행동을 사람들은

'광狂'이라 했고, 이덕무는 자칫 사라질 그의 이야기를 조촐하게나마 엮어놓았다. 당대에 뜻을 이루지 못했지만, 뒷사람들의 귀에 쟁쟁하게 들려오는 건 바로 그들의 목소리이다.

니체(1844~1900)는 차라투스트라의 입을 빌려, 낙타에서 사자를 거쳐 아이가 되는 정신의 세 단계 변화를 말한 적이 있다. 자부심을 억누르기 위해 머리를 숙이는 것은 무거운 짐을 기꺼이 지는 낙타의 단계이다. 그것은 주어진 운명의 수용이다. 그런데 낙타는 사막에 이르면 사자가 된다. 사막에서는 무시무시한 용이 나타나 당위에 따를 것을 강요한다. 이에 정신은 사자가 되어 "나는 원한다"고 말하며 용에 맞선다. 새로운 가치에 대한 권리를 획득하는 건 억세고 경건한 정신의 무서운 약탈이다. 자유를 약탈하기 위해서는 가장 신성한 것 속에서 광란과 방종을 찾아내야만 한다. 창조하기 위해 부정하고 파괴하는 것이 바로 사자의 단계이다. '광狂'은 그런 정신이다.

광사狂士들이란 묵은 규범을 부정하고 새로운 자유를 찾으려 했던 역사의 사자들인 셈이다. 하지만 광사와 미치광이 사이에는 명확한 경계가 없다. 작은 시내에 고래를 가져다놓으면 몸부림치다가 죽는 것처럼, 편협한 사회에 놓인 호걸의 처지도 마찬가지이다. 용납되지 못하고 소통이 차단되어 있는 식견과 경륜은 썩다 못해 기이한 형태로 굴절되어 표출될 수밖에 없다. 일반적인 기준에서 그건 광증狂症의 징표가 되어 세인들의 비난을 받는다. 말이나 그럴듯하게 하고 낯빛이나 꾸미는 속유俗儒들은 언제나 광사狂士와 광인을 구분하지 못하여 끝내 호걸 현사들의 삶을 누추하게 만든다고, 조성기趙聖期(1637~89)는 분통을 터뜨

오노에 도미에, 「풍차를 공격하는 돈키호테」, 1866년경, 56×84cm, 뉴욕 개인 소장.

렸다. 조성기의 울분은 안드레이의 그것과 본질상 다르지 않고, 아래 시에 보이는 임제林悌(1549~87)의 심정과도 통한다.

말을 하면 세인들 미쳤다 하고   出言世謂狂

입 다물면 세인들 바보라 하네   緘口世云癡

내 눈으로는 나를 볼 수가 없고, 물고기는 물을 보지 못한다. 나는 남의 시선을 빌려야만 나를 볼 수 있고, 물고기는 물을 떠나야만 물을 볼 수 있다. 마찬가지로 오만한 이성과 신념으로 가득 찬 세상의 허위는, 그 이성과 신념의 건너편에서만 볼 수 있는 법이다. 안드레이가 6호실 안에서 보았을 때 그 밖은 모두 비정상이다. 홍우교의 관점에서 세상에 제대로 된 선비는 하나도 없었다. 임제는 당시 미치광이가 아니면 바보로 몰렸지만 오늘 우리는 임제의 눈으로 그 시대를 보지 않는가! 돈키호테는 편력기사를 꿈꾸는 과대망상증 환자인가, 아니면 온몸으로 시대의 모순을 통렬하게 보여주는 광사인가?

3·1운동 이후 극도의 무력감과 우울증에 사로잡혀 있던 청년은 평양 남포에서 만난 광인 김창억을 통해 자유와 해탈을 강하게 느꼈다.(염상섭, 「표본실의 청개구리」, 1921) 이러한 그를 비웃는 동료들은 알지 못한다. 식민지에서 누리는 권리와 자유와 인식은 모두 가짜라는 사실을. 현실에서 질식하며 김창억과 교감하는 그가 정상인가, 희박한 자유의 식민지에서 겨우 술 취해 광인이나 조롱하는 그의 친구들이 정상인가? 터무니없는 공약을 내세워 세상의 웃음거리가 됐던 한 대선후보가 미친

것인가, 아니면 오로지 자기들만의 권익을 위해 교묘한 논리로 세상을 어둡게 만드는 지배층이 미친 것인가?

루쉰(1881~1936)은 「광인일기狂人日記」(1918)에서 광인의 시선으로 역사의 허위를 일거에 드러내어 비판한다. 나는 친구를 통해 광인의 며칠 일기를 엿본다. 일기의 주인공은 찢어진 역사책의 갈피에서 '인의도덕仁義道德'과 '식인食人'이라는 글자만을 조합하여 읽고는, 사람들이 자신을 잡아먹을 것이라는 강박증에 사로잡힌다. 이는 지난 중국의 4천년이 인의도덕仁義道德의 이름으로 교묘하게 가까운 사람까지도 잡아먹는 잔혹한 식인食人의 역사임을 말하고 있다. 세상에 강도가 죽인 사람이 많은가, 아니면 인의도덕이 죽인 사람이 많은가? 한번만 생각을 해보면 알 것이다.

문학은 광인狂人의 시선으로 세상을 통찰하는 노력을 멈추지 않아왔다. 어떤 이는 스스로 미쳐 격렬하게 세상과 맞서며 천지에 가득한 통곡을 터뜨렸다. 아니면 세상과 무모하게 대결하는 광사狂士에 공명했고, 사람들의 조롱 속에 광인狂人의 말을 경청했으며, 광자의 시선을 빌려 세상의 허위를 날카롭게 드러내기도 했다. 광인의 번뜩이는 눈빛과 몇 마디 중얼거림으로 세상의 명료한 질서는 일순 허위와 가식의 혼돈으로 바뀐다. 그러니 기지既知의 명료함은 문학의 천적이다.

삶의 상처를 어루만지는 따스한 눈길

🌿 박공습은 빈한해도 술을 좋아했다.
하루는 손님이 왔는데 술이 없어 영통사에 사람을 보냈다. 영통사 승려
는 두루미에 시냇물을 가득 담아 마개를 단단히 하여 보냈다. 박공습은
돈 한 푼 안 들이고 두 말 미주를 얻었다며 기뻐했다. 마개를 열어보니
물이었다. 이런 낭패가 있나! 박공습은 크게 웃고는 시 한 수를 지어 보
냈다.

손님이 왔는데
주머니엔 무일푼이라
여악盧岳의 술을 얻으려다
허랑히 혜산惠山의 샘물만 얻었으니

범처럼 생긴 숲속 바위요
벽 위의 활이 만든 뱀 그림자라
푸줏간 앞만 지나도 크게 입맛 다시거늘
하물며 술잔을 앞에 두었음에랴.

여악廬岳은 고승 혜원慧遠이 도연명 등 산 밖의 벗들이 찾아오면 술을 대접했다는 산이고 혜산惠山은 차를 달이기에 가장 좋다는 물이 있는 곳이다. 한나라 장수 이광李廣은 사냥을 하다 바위를 범으로 알고 활을 힘껏 쏜 적이 있으며, 진나라 때 악광樂廣을 찾아온 손님은 술잔 속에 비친 활 그림자를 뱀으로 착각하고 마신 뒤 배앓이를 했다. 모두 두루미 속 가짜 술을 일컫은 것이다. 괘씸한 심정을 숨긴 채 천연덕스럽게 옛 사연을 늘어놓은 뒤, 빈 술잔을 앞에 두고 입맛만 다시고 있노라고 했다. 영통사 승려는 빙그레 웃고는 좋은 술을 가득 담아 보내주었다.(『파한집』) 이럴 때 술은 그냥 술이 아니다.

선조 때 이옥봉은 서녀였는데 총기가 넘쳤다. 하루는 이웃 아낙이 찾아왔다. 남편이 소도둑으로 몰려 관아에 갇혔다는 것이다. 옥봉은 대신 소장을 써주었는데, 그 말미에 두 구절을 붙였다. "첩의 몸이 직녀가 아니온대 / 낭군이 어찌 견우가 되리오妾身非織女, 郎豈是牽牛." 그 수령은 남편을 풀어주었다.(이수광, 『지봉유설』) 꾸며낸 말이겠지만, 세상의 각박함이 덜어지는 느낌이다.

북경에 사신 갔던 문사가 하루는 수레를 타고 가는 미인을 보았다. 문에 기대 넋을 놓고 바라보던 그는 문득 필묵을 찾아 두 구절 시를 적어 보냈다. "마음은 미인을 따라 나서고 / 몸만 덩그러니 문에 기댔네心逐紅粧去, 身空獨倚門." 그 미인은 수레를 세우고는 그 자리에서 답시를 지어주었다. "수레 무겁다 나귀 성을 내더니 / 한 사람 넋이 더 탔던 거군요驢嗔車載重, 却添一人魂."(유몽인, 『어우야담』) 인생이 즐거워진다.

유희춘(1513~77)과 송덕봉(1521~78) 부부는 오랜 벗처럼 사이가 좋았다. 1569년 겨울, 유희춘이 승지로 있으면서 엿새나 집에 들어가지 못했다. 그는 모주母酒 한 동이를 아내에게 보내며 시 한 수를 덧붙였다.

눈 내려 바람 더욱 차니	雪下風增冷
냉방의 당신 모습 생각이 나오	思君坐冷房
이 술이 품질은 변변찮으나	此醪雖品下
찬 속을 덥히기는 충분하리다	亦足煖寒腸

송덕봉도 남편에게 답시를 보냈다.

국화잎에 눈발이 날린다 해도	菊葉雖飛雪
은대에는 따스한 방이 있으리	銀臺有煖房
추운 집서 따스한 술을 받들어	寒堂溫酒受
고맙게도 뱃속을 채웠답니다	多謝感充腸

대궐 숙직 중 생긴 술 단지 하나를 아내 몫으로 챙겨 시와 함께 보내준 남편과, 그 술을 마시고는 그 자리에서 사람을 세워놓고 몇 줄 시

를 엮어보내는 아내. 서로에 대한 깊은 이해와 따스한 배려가 없이는 지어지기 어려운 풍경이다. 술을 보낸 유희춘의 마음도, 술을 마신 송덕봉의 마음도, 이 풍경을 상상하는 나의 마음도 흐뭇하다.

손오공 일행은 거룩한 목표를 가지고 동행하는 공동운명체의 도반이다. 하지만 10만 8천 리 서역행의 도중에서 이들의 불신과 다툼은 끊이지 않는다. 삼장은 늘 원리원칙만 내세우지만 능력도 주견도 관용도 없다. 손오공은 독보적인 능력을 지니고 있지만 방자하고 교만하여 간혹 자기 성질을 이기지 못한다. 저오능은 식색食色에 대한 탐심을 끊지 못하며, 손오공의 능력을 시샘하여 삼장에게 귓속말을 함으로써 분열을 야기시키곤 한다. 사오정은 무던하고 신실한 성품을 지녔지만, 태도가 너무 소극적이어서 때로 기회주의자의 면모를 보인다. 강력한 요마들의 위협 속에서도 티격태격 다투기를 그치지 않는 이들의 행동은, 『서유기西遊記』의 미적 기반이 공격이 아닌 반성이고, 이념이 아닌 해학임을 단적으로 입증한다.

프로이트는 두 종류의 농담을 구별했다. 하나는 속이고 놀리는 목적을 지니며, 때리고 벗기는 공격과 파괴의 힘으로 작용한다. 그래서 농담과 웃음은 자주 상처를 남긴다. "낚시질은 한가한 일이지만 생사여탈권을 쥐고 있으며, 바둑은 맑은 놀이이지만 전쟁의 마음이 꿈틀댄다 釣水逸事也, 尚持生殺之柄, 奕棋清戲也, 且動戰爭之心"는 『채근담』의 구절처럼 말이다. 한때 유행했던 참새와 식인종 시리즈에서는 살해와 식인이 놀이처럼 자행된다. 사람들은 웃으면서 잔인한 폭력을 내면화했던 것이다. 폭정이 사람들을 짓누르고, 고귀한 목숨들이 그 값을 인정받지

작가 미상, 「까치호랑이」, 72×59.4cm, 일본 개인 소장.

못하던 시절의 이야기이다.

　다른 하나는 순진하여 무해한 농담인데, 이것이 바로 해학諧謔이다. '해諧'는 어우르다, 어울리게 한다는 뜻을 지녔다. '학謔'은 우스개 소리(농담)이다. 해학은 이질적인 것들을 어울리게 하고 어색한 사이를 조화롭게 하는 농담인 것이다. 여기에는 약점을 까발리고, 등 뒤에서 조롱하는 공격성이 없다. 상대방의 아픔에 연민을 보내고 상처를 어루만져준다. 상대방을 자유롭게 해줌으로써 내가 자유로워지고, 나아가 우리 모두를 해방시키려는 욕망, 이것이 해학諧謔의 마음이다. 박공습과 영통사 승려, 이옥봉과 고을 수령, 문사와 북경 아가씨, 유희춘과 송덕봉은 아주 우아한 해학을 나누었다. 이로 인해 그들의 마음이 더 넉넉해지고, 그들의 사이에 온기가 흘렀음이 분명하다.

　우리의 일상에서 삶을 구원하는 것은 웃음뿐이다. 민중들에게는 더더욱 그러하다. 귀족들이 원하는 것은 신神이고 권위며 이름이다. 그들은 더 높은 단계로 올라가고 싶어 숭고한 가치를 좇는다. 그들에게 농담은 천박한 것이 된다. 반대로 민중들은 당장 삶의 고통에서 벗어나는 것이 급하다. 웃지 않으면 견딜 수가 없다. 그들은 아무것도 아닌 일에 더 자주 더 크게 웃으며, 환한 표정을 짓는다. 생각해보라. 정치인·재벌과 농민·노동자 중에서 누구의 표정이 더 환한가. 민중들이 전승시켜온 이야기들의 태반은 해학담이다. 그들은 해학을 징검다리 삼아 오랜 세월을 견뎌왔는데, 그 다리의 많은 부분은 문학이 놓은 것이다.

　이도령은 버들가지 사이로 언뜻언뜻 보이는 춘향에 반하지만 방자의 태도가 녹록치 않다. 애가 탄 이도령은 방자를 형님이라 부르며 애원한다. 방자는 아우 이도령에게서 단단하게 다짐을 받고 나서야 걸음을 옮긴다.(『남원고사본 춘향전』) 이춘풍은 주색으로 가산을 탕진하고도 정신을 못 차려 호조 돈 2천 냥을 빌려 평양으로 장사를 떠나지만, 평양 기생 추월에게 빠져 기방의 심부름꾼으로 전락한다. 비장裨將으로 변복하여 평양에 간 그의 아내는 춘풍을 잡아 형틀에 올려 매고 추상같이 호령한다. "이놈 들어라, 네가 이춘풍이렷다. 사정없이 매우 쳐라!" 춘풍은 울며불며 목숨을 구걸한다.(『이춘풍전』) 주색이 과도하여 병이 골수에 든 남해 용왕 앞에 현신 별주부는 온갖 지혜로 토끼 한 마리를 용궁으로 데려오지만 용왕은 토끼의 말에 속아 충신의 간언도 듣지 않고 토끼를 돌려보낸다.(『토끼전』)

세 편의 이야기에서는 일상의 질서가 뒤집힌다. 관노 방자는 부사 아들 이몽룡의 형님이 되고, 남편에게 머리채를 잡히고 휘둘리던 아내는 이춘풍을 꾸짖으며 매질을 하고, 지존의 용왕은 세상 물정에 깜깜한 바보가 된다. 설화에서도 탈춤판에서도 굿마당에서도 마찬가지이다. 완고한 현실의 질서를 일순 흩뜨려 관계를 역전시켜 시원하게 웃는 순간 삶은 고통에서 해방됐던 것이다. 해학에는 불균형을 교정하고 평형을 회복하는 힘이 있다. 이항복과 박문수와 정수동과 김삿갓이 오랜 세월 이야기의 주인공 자리를 놓치지 않은 이유이다.

씩씩하고 부끄럼 타지 않는 점순이는 나만 보면 심술이다. 악담을 해대고, 저희 수탉으로 우리 집 수탉을 못 살게 군다. 분을 못 이긴 나는 점순네 수탉을 단매에 죽이고 걱정에 울음을 터뜨리는데, 의외로 점순은 부드러운 말로 달래주며 몸을 포개 넘어뜨렸다. 나는 알싸하고 향

긋한 냄새에 땅이 꺼지는 듯 정신이 아찔해졌다. 점순은 남몰래 나를 좋아했던 것이다.(김유정, 『동백꽃』) 생기가 돌아 따스하다. 나와 장인님과 점순 사이의 묘한 실랑이를 빚어내는 김유정의 손끝에서 악의라고는 찾을 수 없다.(「봄·봄」)

목욕탕에 앉은 그 사내의 주위에는 사람이 없다. 몸짱들도 그 근처에서는 몸가짐이 조심스럽다. 그의 왼쪽 팔에는 '참자', 오른쪽 팔에는 '착하게 살자'는 문신이 새겨져 있다.(「고독」) 500점 하수의 도전을 물리친 1000점 당구 실력자의 얼굴에는 표정의 변화가 없다. 그야말로 고수의 풍모가 느껴진다. 그런데 그 고수가 뒷정리를 하면서 신발을 벗고 부채질을 하는데, 그의 양말 엄지발가락 부분에 구멍이 나 있는 것이다. 그의 가방에서 나온 양말들도 모두 그랬다. 의아해하는 내게 친구가 살짝 귓속말을 했다. "고수 체면에 몸을 쓸 수는 없잖아. 대신 구두 속에서 발가락을 꼼지락꼼지락하다 보면 양말이 이 모양이 된다네."(「고수」) 조폭의 고독과 고수의 고심에 보내는 성석제의 시선에도 따스한 해학이 농익어 있다.

앞에 닥친 한계에 굴복하지 않으려는 의지, 긴박한 상황에서도 마음 구석에 한 치 자리를 남기는 여유, 그리고 우울과 슬픔을 걷어내려는 따스한 배려에서 해학이 발생한다. 상처를 주지 않고 웃음을 일으키는 것이 해학이다. 그것은 활을 쏘지 않고 적장을 사로잡고, 약을 쓰지 않고 병을 고치는 것과 같다. 그러기 위해서는 삶에 대한 그윽한 통찰과 무궁한 신뢰가 있어야 한다. 이야말로 문학의 소임 중에서 중요하고 어려운 일이다.

분노……

싹을 틔우고 파도를 일으키는 내 안의 힘

🌿 기원전 92년경 감옥에 갇혀 사형을
기다리던 임안任安은 사마천에게 편지를 보내, 황제에게 현사賢士를 추
천해줄 것을 부탁했다. 임안은 적극적 간언으로 자기를 구해줄 사람이
필요했던 것이다. 당시 사마천은 궁형을 당한 뒤 바깥출입을 삼가며
『사기』의 저술에 몰두하던 중이었다. 편지를 받고 고심하던 사마천은
붓을 들었다. 편지는 길어졌다. 사마천은 자신이 궁형을 당하게 된 경
위와 그 이후의 참담한 심정을 절박하게 풀어냈다.

가난하여 속량 받을 돈도 내지 못했고, 사귀던 벗들 중에도 구해주
러 나선 사람이 없었으며, 가까운 친지들조차도 말 한마디 해주지 않았
다. 선비들이란 땅을 그어 감옥을 만들어도 들어가지 않고, 나무를 깎
아 관리를 삼아도 따지지 않는 자들이다. 그들은 언제나 행동에 앞서

득실을 따지기 때문이다. 사마천은 인정세태의 무상함은 물론, 겉으로는 대의명분을 내세우며 속으로는 득실을 셈하는 선비들의 이중성을 통절하게 깨달았다. 사마천은 절망했고, 그 절망은 깨달음을 낳았으며, 깨달음은 『사기열전』의 인물들을 살아 움직이게 하는 피와 살이 됐다.

그는 욕된 삶을 견뎌 끝내 뜻한 바를 이룬 역사의 인물들을 발견했다. 문왕은 갇힌 채 『주역周易』을 풀었고, 공자는 횡액을 만나 『춘추春秋』를 지었고, 굴원은 쫓겨나서 『이소離騷』를 지었고, 좌구명이 실명하자 『국어國語』가 새겨졌고, 손자는 다리가 잘린 뒤 병법을 정리했으며, 한비자는 감옥에 갇혀 「세난說難」과 「고분孤憤」을 지었다. 『시경詩經』의 3백 편 시도 성현들이 발분發憤하여 지어낸 것이다. 이들이 오욕을 참고 물러나 문장으로 비분悲憤을 풀어낸 것은 후세에 자신의 뜻과 존재를 나타내고자 함이었다. 사마천이 자신에게 부여한 소명은 역사를 기술하는 것이었다. 그는 책이 완성되면 명산에 숨겨 '그 사람〔其人〕'에게만 보여주고 싶다고 했다.

이렇게 해서 『사기』 130권이 완성됐고, 오늘 수많은 이들이 '그 사람'이 되어 무시로 사마천과 밀어를 나눈다. 사마천은 좌구명과 손자와 한비자 같은 선배들에게서 치욕을 창조로 전환시키는 힘을 얻었다. 그힘이 바로 뜨거운 마음, 즉 분노였다. 그 이전에 공자는 자신에 대해, "뜨거운 마음이 일면 먹는 일도 잊는다發憤忘食"고 했고, 그 뒤로 이지李贄(1527~1602)는 "분노 없이 지은 글은 춥지도 않은데 떨고 아프지도 않은데 신음하는 격이니 지은들 무어 볼 게 있으랴!"고 했다.

『수호전』에서 임충林沖은 본래 온후하고 조심스러운 성격의 인물이었다. 이는 그의 환경, 즉 비교적 높은 사회적 지위와 유복한 가정에서 비롯된 것이다. 아내가 희롱당하는 장면을 보고도 참아낸 것은 그 대상이 상관인 고구高俅의 아들이었기 때문이고, 고구의 음모로 유배를 떠나면서도 함부로 행동하지 않은 것은 주류세계에 대한 애착 때문이다. 그에게는 기존 질서를 부정할 이유가 없었던 것이다. 하지만 그는 끊임없는 핍박에 분노가 폭발하여 무자비한 살육을 저지른다. 이로부터 그는 귀로를 완전히 차단당한 채 주류 사회에서 이탈하여 양산박으로 향한다.

양산박 두령 왕륜王倫은 특출한 무예나 도량도 없으면서 어쩌다가 녹림객의 우두머리가 된 인물이다. 그는 의심이 많고, 능력이 있는 자를 시기하며, 내세울 만한 명분이나 지향도 가지고 있지 않다. 그는 인재를 받아들이지 못하고 외려 시기하여 내친다. 왕륜은 양산박을 찾은 임충과 양지楊志, 그리고 조개晁蓋 일행을 차례로 박대하여 내쫓으려 한다. 분노를 삭이고 있던 임충은 더 이상 참지 못하고 왕륜을 척살한 뒤 양산박을 접수한다. 임충이 왕륜을 죽인 명분은, "심흉협애心胸狹隘, (마음이 좁아) 질현투능嫉賢妬能(어질고 유능한 자를 시샘함)"이라는 여덟 글자이다. 도량이 좁아 어진 사람을 미워하고 재능이 있는 사람을 시기한다는 말이다.

임충은 무능한 위정자를 징치하는 명분으로 왕륜을 처단한 것이다. 이 사건으로 목적과 방향 없는 도적들은 일순 부조리한 국가를 상대하는 의적들로 바뀐다. 무능하고 부패하며 인재를 버린다는 점에서 조정의 고구와 양산박의 왕륜은 같다. 위정자의 폭압으로 삶의 기반을 모두 잃고, 분노에 못 이겨 살인을 저지르고 다시 권력에 맞서는 임충의 삶은 『수호전』 호걸들의 삶을 대변한다. 이들의 행동을 이끌어가는 것은 공히 분노이다. 이들의 마음 뒤에는 작가의 분노가 숨어 있고, 이들의 행동은 수많은 독자들의 분노를 대신 풀어주었다. "난세의 음악은 원망하며 분노한다亂世之音怨以怒"고 했다.(『예기』)

마감동은 양반가의 사노 출신으로, 자기 아내를 범한 주인을 낫으로 찍어 죽이고 달아나 구월산 화적 떼의 부두목이 된 인물이다. 그는 장길산 일행을 털다가 외려 사로잡히고 만다. 감동의 마음에는 주류세계에 대한 뿌리 깊은 원한과 뜨거운 분노가 들끓고 있다. 그가 보기에 임금과 재상은 화적보다 더 큰 도적놈들이고, 선비라는 것들은 이름이나 얻으려고 이 솟을대문 저 사랑으로 주린 개 장바닥 싸돌듯 하는 도적의 뇌수이다. 금세 뜻이 맞은 두 사람은 이후 부패하고 부정한 조정에 맞서나간다.(『장길산』) 1970년대 젊은 작가 황석영은 조선 숙종 시절을 배경으로 당시 권력층과 지식인들에 대한 분노를 분출한 것이다. 마감동이 최형기의 토포군에게 죽던 날 아침, 나는 출근길 내내 비감한 심정을 떨치지 못했다.

권력과 지식이 결탁하고, 허위와 부정이 공도를 가장하는 사회에서 정직하고 유능한 인재들은 갈 곳이 없다. 맨 손으로 범을 잡은 무송武松, 70근 선장禪杖을 지팡이처럼 휘두르는 노지심, 80만 금군禁軍의 교두였던 임충은 양산박에 흘러든다. 표범처럼 날랜 장길산, 나무를 뿌리째 뽑아내는 이갑송(대성법주)과 강선홍, 상술과 검술에 두루 능한 송도상단의 행수 박대근, 바다에서는 물개보다 빠른 우대용, 미륵세상을 꿈꾸는 승려 여환 등은 구월산에 모인다. 이들 사이의 정직과 신의는 세상에서는 통하지 않고, 출중한 용력과 무예는 살인과 방화에 쓰인다. 이들은 모두 쓰이지 않는 인재의 표상인 것이다. 예나 지금이나 자기 자리에 쓰이지 못하는 인재는 도적이 되기 십상이다.

연경을 다녀오고 네 해가 지난 1770년 홍대용(1731~83)은 집 근처에 작은 초가 정자를 지었다. 이름은 두보 시에서 빌려와 '건곤일초정乾坤一草亭'이라 했다. 하늘과 땅 사이의 한 초정이라니, 운치가 넘친다. 하지만 내용은 전혀 딴판이다.

가을 터럭을 크다 하고 태산을 작다 한 것은 장주莊周가 분격憤激해서 한 말이다. ……쇠미한 세상에 태어나 화란을 겪자니 눈이 아리고 마음 아픈 것이 이를 데 없다. ……언뜻 태어났다가 문득 죽어가는 것이야 하루살이가 나타났다가 사라지는 것 아니냐. 어디에도 얽매이지 않고 이 정자에 누웠다가 장차 조물주에게 이 몸을 돌리고자 한다.

긴 제목의 일부이다. 장자의 논법대로 초정이 건곤처럼 광대한 것이라면, 새로운 생각 하나를 수용치 못하는 조선은 더없이 비좁은 곳이 된다. 이미 세계 수준의 과학을 체득한 홍대용은 비좁은 조선 사회에서 운신할 길이 없었다. 그는 절망하고 분노했다. 예로부터 일군의 사람들은 『장자』에서 달관과 여유가 아닌, 지식인의 거친 분격憤激을 읽어냈다. 그들은 모두 자기 시대에 분격하던 사람들이다. '건곤일초정'은 자기 시대에 대한 참지 못할 분격의 표현이었던 것이다. 홍대용의 생각에

심사정, 「하마선인도蝦蟆仙人圖」, 18세기, 22.9×15.7cm, 간송미술관 소장.

깊이 공명한 사람들은 혈기 왕성한 20대 서얼 청년들이었는데, 그들이 바로 이덕무와 유득공과 박제가이다.

마르쿠제(1898~1979)는 『1차원적 인간』(1964)에서, 외적으로 계급 차이가 지워지고 사람들의 정신 활동이 상품에 대한 욕망으로 통합되면서, 부정과 비판의식이 사라지고 만 선진기술사회의 현상을 예리하게 짚어냈다. 청백리의 후손 마준은 취직을 위해 북촌 김대감 집을 드나들면서 차츰 세상의 허위와 비리에 관대해진다. 다 먹고 살기 위한 게 아니냐며 가치판단의 눈을 감아버린다.(서기원, 『마록열전 3』) 이유야 어찌 됐든 이제 중요한 건 적응과 생존뿐이고, 비판과 부정은 패배한 자들의 불평처럼 취급된다. 문인 학사들은 더 이상 분노하지 않는다.

옳고 그름의 판단, 참과 거짓의 기준, 그리고 먼 옛날과 먼 뒷날의 역사에 대한 고려는 당장의 밥그릇 논리에 묻혀버렸다. 문학은 개인의 내면과 가족의 애환만을 끌어안고 있으며, 문인은 더 이상 사회와 역사에 대한 책임을 지지 않으려 한다. 세상 또한 이제는 작가의 말에 귀 기울이지 않는다. 문학은 역사의 이정표와 사회의 거울 역할을 그친 것인가! 1710년 설악산 백담계곡의 김창흡은 겨우내 공부하고 떠나는 제자에게 준 글에서, "노하여 떨치면 만리를 솟구치는 대붕"과 "한번 노하면 천하를 편안하게 한다"는 맹자의 말을 인용하며 이렇게 말했다.

사람에겐 노여움이 없을 수 없고, 그 노여움은 또한 자잘해서는 아니 된다.

신문 보도에 따르면 최근 독일에서는 『분노와 시간』(페터 슬로토다이

ㅋ)이라는 역사철학 에세이가 출간되어 인기를 얻고 있다고 한다. 이 책은 심리학과 인류학의 이론을 바탕으로 세계사를 설명하는데, 저자는 역사를 변화시키는 원동력을 '분노'라는 감정으로 보았다는 것이다. 우리 문학은 너무 말랑말랑하기만 하다. 이 시대 나는 다시, 더 많은 식견과 더 뜨거운 용기를 장착하여 역사와 사회를 맞대면하는 작품들의 출현을 기다린다.

풍자......

분노는 내려놓고 여유를 입은 뒤 비수를 품다

누이야

풍자諷刺가 아니면 해탈解脫이다.

— 김수영, 「누이야 장하고나!」

1961년 8월, 5·16쿠데타 직후 발표되어 두고두고 많은 사람들의 입에 오르내린 이 수수께끼 같은 구절을 나는 이렇게 푼다. 삶은 알 수 없는 거대한 힘(또는 운명)과 부딪침의 연속이다. 그 불가해함과 부조리함에 눈을 감아 체념하거나 초월하는 것(해탈)이 아니라면 끊임없이 맞설 수밖에 없다. 하지만 나는 약하고 상대방은 강하니 정면으로 부딪치는 것은 무모하다. 풍자는 약한 내가 거대한 힘과 효과적으로 대결해가는 방법이다. 풍자는 약자의 선택인지라 승리는 어렵다 해도, 나의 실존을 이어간다는 점에서 최소한 패배는 아니며, 아주 오랜 세월을 거치며 역사의 승자가 되기도 한다. 해탈만 있는 세상은 생각만 해도 끔찍하다. 해탈은 결국 죽음이요, 도피가 아닌가!

조선 창업 직후 태조가 큰 잔치를 베풀었다. 자리 가득한 공신들 대부분은 고려 적에 영화를 누리던 사람들이었다. 새 왕조의 공신들 잔치이니 그 장한 분위기야 짐작할 만하다. 자리에선 기녀 설매雪梅가 술도 치고 노래도 하며 흥을 돋우었다. 취기가 무르익자 개국 1등 공신 배극렴이 설매를 희롱했다. "들자니 너희들은 동가식 서가숙東家食 西家宿을 자주 한다는구나. 오늘밤은 나와 함께 보내는 게 어떻겠느냐?" 주위 사람들이 무릎을 치며 웃음으로 장단을 맞추었다. 밑바닥에서 온갖 세파를 겪은지라, 설매는 농이 통할 길을 만들어놓고 노련하게 응수했다.

"어머나, 정말요! 먹을 자리 잘 자리 가리지 않는 천기니, 왕씨를 섬겼다가 이씨를 섬기는 대감과 무엇이 다르리까? 사리에도 마땅하니 기꺼이 분부를 받들겠나이다."

배극렴은 낯빛이 하얘져 술잔을 떨어뜨리고 무리 속에 몸을 숨겼다. 『연려실기술練藜室記述』 등 여러 야담과 사서에 전해져오는 이야기이다. 설마 설매가 그랬을까마는, 수백 년 동안 사람들은 설매의 이름으로 철마다 배를 갈아타면서도 부끄러움을 모르는 정객들을 조롱해왔다.

1484년 온갖 영화를 누린 한명회韓明澮(1415~87)는 한강 남쪽 가에 정자를 짓고 벼슬에서 물러날 뜻을 아뢰었다. 정자 이름은 압구狎鷗라 했으니, 갈매기와 가까이 지낸다는 말로 강호에 은거함을 뜻한다. 성종은 그를 옛날의 명신에 견주며 작별의 시를 지어주었다. 조정 문사들이

다투어 그 시에 화답했다. 모두 축하와 덕담 일색이었는데, 뒷사람들은 그중 최경지崔敬止(?~1479)의 시를 으뜸으로 꼽았다.

세 차례 부름받아 총애가 두터우니　　　三接慇懃寵渥優
정자가 있다 한들 와서 놀 마음 없네　　有亭無計得來遊
가슴속 끓는 욕심 고요케 한다면야　　　胸中政使機心靜
벼슬 바다 가에서도 갈매기와 친할 것을　宦海前頭可狎鷗

처사의 맑은 이름은 얻고 싶고 작록爵祿은 버릴 수 없어, 겨우 한강 가에 정자 하나 지어놓고 그마저 찾지 않았던 가식을 조롱한 것이다. 한명회는 최경지를 미워하여 이 시만은 정자에 걸지 않았지만, 수백 편 중 우리가 기억하는 것은 최경지의 시 한 수뿐이다.(남효온, 『추강냉화』)

심정沈貞(1471~1531)은 1519년 기묘사화를 일으켜 조광조 등 신진 사류들을 죽음으로 몰아간 주역이다. 뒷날 그는 한강 가에 소요정逍遙亭을 지어놓고 다음 시를 새겨 걸었다. "젊어서는 사직을 떠받치다가, 늙어서는 강호에 누워 있노라靑春扶社稷, 白首臥江湖." 어느 날 밤 한 소년 협객이 들어와 머리채를 끌어 잡고, '부扶'와 '와臥' 두 글자를 각각 '경傾'과 '오汚'로 고쳐 새길 것을 명했다. 시는 이렇게 바뀌었다. "젊어서는 사직을 기울여놓고, 늙어서는 강호를 더럽히노라靑春傾社稷, 白首汚江湖."(『현호쇄담』) 소년 협객은 공론이 빚어낸 형상이고, 이 이야기가 장강처럼 유전되어온 것은 바로 역사이다. 심정은 공을 세우되 그 자리에 머물지 않는다는 공성불거功成弗居의 처신을 흉내 냈지만, 사직을 기울이고 강호를 더럽힌 사람이 되고 말았다. 공론과 역사가 살아 있는 한 한때의 허위와 가식은 달아날 길이 없다.

박문수(1691~1756)가 병조판서를 맡고 있을 때의 일이다.(1737, 38) 영조가 오군영의 장수들을 불러, 남한산성과 북한산성 그리고 강화도 방어시설의 형편을 물었다. 장수들이 각각 자기가 맡고 있는 군영의 사정을 말하고 나자, 박문수가 나서 말했다. "신의 생각에 한양이 강화도보다 훨씬 낫다고 생각합니다. 우리나라 군사들은 어차피 나아가 항복할 것이 뻔하니, 강화도 연미정燕尾亭 앞 뻘밭보다는 차라리 모화관慕華館의 깨끗한 모래밭에서 무릎을 꿇는 게 낫습니다." 왕은 크게 웃었다.(『송천필담』) 웃었다고는 하나, 슬픔이 배어 있고 눈물이 흘러나오는 웃음이다.

김소행(1765~1859)의 『삼한습유三韓拾遺』에서 천군과 마군은 열녀 향랑의 환생還生 재가再嫁를 둘러싸고 한바탕 전쟁을 벌인다. 마군 쪽의 마모魔母는 치맛자락으로 천라지망天羅地網을 펼치는데, 이는 여색을 상징한다. 천군 쪽에서 천라지망에 걸려 침 흘리며 정신 못 차린 군사들은 모두 유자儒者들이다. 이런저런 이유를 대며 전장에 나가기를 기피하고, 나갔다가 창을 거꾸로 들고 도망친 자들 또한 모두 유자들이다. 겉으로는 예법을 내세우지만 실제로는 음행을 일삼고, 인의도덕만 앞세워 사회를 나약하고 가난하게 만드는 유자들에 대한 조롱이다.

과장되게 의리와 명분만을 내세운 사람들이 있었다. 그들은 임진왜란이 일어나자 명나라만 바라보았다. 이후 명나라를 부모의 나라라고 떠받들다가 청나라로부터 '아녀자의 나라'라는 조롱을 들었다. 청을 오랑캐의 나라라고 핏대를 세웠지만, 막상 그 앞에서는 머리를 조아렸다. 열강의 세력이 미쳐오자 청나라만 바라보았고, 러시아까지 끌어들였다. 일제가 망하자 그렇게 망할 줄 몰랐다며 고개를 떨구었다. 그 후 예들은 오늘날 일제의 은혜를 생각하고, 미국에 대해서는 일언척구 말도 못 꺼내게 한다. 이들이 내세운 건 언제나 숭고한 명분이었지만 속으로 챙긴 건 자신들의 이익과 안전이었다. 전쟁 불사 등의 강경론을 펼쳤으나 활 한번 잡아본 적이 없고, 배에 물이 새면 먼저 달아나지 않은 자가 없었다. 박문수와 김소행의 이야기가 아직도 뼈저린 이유이다.

1726년에 나온 『걸리버여행기』는 정치 풍자의 백미이다. 걸리버가 여행한 휘늠 나라의 변호사들은 거짓을 변호하는 데 훈련되어 있는데, 그들 사이에만 통하는 특이한 용어와 은어가 있어서 다른 사람들은 도무지 알아들을 수 없고, 모든 법률을 그런 용어로 기술하며 그 분량을 늘리기 위해서만 특별히 노력한다. 그 시절 변호사를 말했지만 변호사에만 국한되는 사항이 아니다. 또 이 나라의 야후들은 싸움을 그치지 않는데, 그 원인은 다섯 마리의 야후들에게 50마리에게도 충분할 분량의 먹이를 던져주어도 사이좋게 나누어 먹지 못하고 한 놈도 예외 없이 모두 독차지하려 하기 때문이다.

박지원은 북경에서 열하를 가는 도중 건장한 말을 타고 바람처럼 달리는 청나라 군사의 모습을 보고, 잔약한 과하마를 타고도 견마를 잡히며 그나마도 떨어질까 두려워하는 조선인들의 모습을 처연하게 돌아보았다. 달리지도 못하고, 유사시 전장에서도 쓸 수 없는 선비들의 말은 쇠미한 국력의 징표였다. 그는 말했다. "불과 몇십 년 안 가 베갯머리에서 조그마한 담뱃대 통을 구유로 삼아 말을 먹이게 될 날이 올 걸세." 동료가 의아하여 말뜻을 반문하자 웃으며 대답했다.

"서리배 병아리를 여러 번 번갈아 씨를 받아서 너덧 해 지나면, 베갯속에서 우는 꼬마 닭이 되는데 이놈을 침계枕鷄라 한다네. 말도 역시 종자가 작아지기 시작하면 나중에 침마枕馬가 아니 되리라 누가 장담하겠는가!"(『열하일기』)

농을 했지만 촌철살인의 비수가 감추어져 있고, 말〔馬〕을 말했지만 말에만 그치는 이야기가 아니다. 지식인들의 동종교배는 궁극에 침마와 같은 아무짝에도 쓸모없는 기형의 인사들을 낳으리라는 이야기이다. 침마는 과하마의 단계에서 또 한참 퇴보한 지식인들의 미래상을 예견한 것이다.

북곽 선생은 벼슬에는 관심 없는 듯 가장한다. 저술한 책이 1만 5천 권으로 천하가 그의 이름을 사모한다. 어느 날 밤 그는 같은 마을의 수절 과부 동리자의 방에 몰래 들었다가 쫓겨났다. 달아나다가 그만 똥구덩이에 빠지고 말았다. 마침 배가 출출하던 범이 지나다가 북곽 선생을 보고 한바탕 준엄하게 꾸짖는다. 유자들이란 아첨이나 일삼으며, 인의와 문자를 내세워 서로를 잡아먹는 족속들이니 더러워서 먹지 않는다고. 똥은 그들 정신의 더러움을 상징한다. 속에 똥만 든 인간들이란 뜻이다. 한순간 1만 5천 권을 저술한 지식은 세상을 속이는 교지巧智가 됐고, 천하에 알려진 이름은 허명虛名이 됐다.(「호질」)

여학교 문 앞에서 자갈을 실은 마차를 끌던 말이 넘어졌다. 주인은 눈을 부라리며 채찍질을 해댔다. 여학생들이 둘러서서 동정심을 표시

했다. 마침 교수가 나왔다. 여학생들은 도움을 요청했다. 교수는 마부를 말렸다. 여학생들은 속이 시원해졌다. 하지만 마부는 들은 척도 하지 않았다. 교수는 물러설 수 없어 나무랐고 노여워했다. 마부는 목소리를 낮추어 어린애를 타이르듯 말했다.

"말이란 것은 쓰러졌을 때 이내 일으켜 세우지 못하면 죽고 마는 짐승이오. 그래서 병이 들어 약을 먹이고도 눕지 못하게 허리를 떠 복고개에 매달아놓는 것이오, 허허……"(이태준, 「마부와 교수」)

여학생들 앞에서 교수의 권위는 일거에 땅에 떨어졌다. 그건 그가 자기 무지를 돌아보지 못했기 때문이고, 자기의 알량한 지식과 체면을 과신했기 때문이다. 세상은 크고도 복잡하니, 더 많이 안들 한치 한자에 지나지 않는다.

풍자가는 현세를 초월하는 숭고하고 엄숙한 가치를 신뢰하지 않으며, 그 시선은 숭고함과 엄숙함의 이면을 투시하고 겉과 속, 말과 짓의 사이를 예리하게 파고들어 그 간극을 만천하에 드러낸다. 그의 관심은 언제나 사회 전체의 더 나은 삶이다. 모순을 통찰하되 분노는 살짝 가라앉힌다. 한 호흡 쉬고, 한번 능을 치고, 상황을 통해 허위가 절로 드러나도록 한 뒤, 살짝 몸을 빼 그림자를 거둔다. 참과 거짓 사이의 간극이 클수록, 고상함에서 저급함으로 추락하는 속도가 빠르고 낙폭이 클수록 효과는 극대화된다. 하지만 동서고금에 철석같은 진리가 있으니, 그건 풍자의 대상들은 언제나 그 사실을 알지 못한다는 사실이다. 이런 슬픈 일이!

바야흐로 풍자의 시절이다. 시민들은 건전한 의식과 전문 식견으로 무장하고 있는데, 위선의 위정자와 지식인과 종교가들이 즐비하기 때문이다. 시민들에게 풍자는 최소한의 비폭력 무장인 셈이다. 그런데 갈수록 문학은 풍자를 내려놓고 대신 네티즌 논객들의 즉각적이고 감각적인 춤사위에 넋을 잃고 있다. 문학이 풍자를 잃어가고 있는 가장 큰 이유는 작가들의 전문 학식과 사회적 책임감이 부족하기 때문이다. 두 가지가 갖추어지면 문학은 다시 사회의 제반 모순을 식별 요격하는 풍자를 탑재하게 될 것이되, 상상력과 감각에 머무르고 만다면 아이들 소꿉장난에 그치고 말 것이다.

사랑......

날아가게 하고 태어나게 하는 만물의 어머니

🍃 8년 전인가 18층 아파트에 살 때의 일이다. 아파트 아래로 시내가 흘렀다. 여름이면 물이 넘치고 겨울이면 마르는 그런 시내였다. 밤이 깊어 잠자리에 들었는데, 귓가에 졸졸졸 시내 흐르는 소리가 또랑또랑 들려왔다. 마치 시냇물이 내 머릿속을 흐르는 듯했다. 잠이 달아나 창 밖을 보니 둥근 달이 떠 있었다. 무심결에 시내에도 저 달이 잠겨 있겠지 생각을 하고 다시 잠을 청했다. 시내는 밤새도록 머릿속을 흘렀고, 나는 비몽사몽간에 시 한 구절을 얻었다.

시내는 달그림자 품에 안고서
밤새도록 도란도란 이야기 들려주네.

어떻게 이처럼 따스하게 시내와 달 사이를 그려냈을까, 내가 생각해도 기특한 일이었다. 이제 돌이켜보니, 당시 아이들이 각각 6살 1살로 어렸다. 나는 종종 밤늦도록 큰아이에게 이야기를 지어 들려주었고, 작은 아이는 발을 늘 손바닥 위에 올려놓고 잠을 청했다. 이런 상황이 시내와 달의 관계를 엄마와 아기의 그것처럼 그리게 했던 것이다. 이 소박한 시구는 누구나 지닌 아이들에 대한 사랑에서 태어났던 것이다.

재일동포 가수 이정미에게 고향은 천한 직업을 가졌던 엄마와 술에 절어 살았던 아버지, 조국의 아픈 역사와 방황하던 삶의 기억이 있는 곳이다. 그녀는 일본에서 한국인으로 살기를 다짐했고, 그때부터 많은 일본 사람들이 자기 곁으로 다가왔다고 한다. "게이세이선을 타고 나 이제 돌아가네 / 여기도 또한 내 고향……." 그녀의 노래 「게이세이선京成線」의 일절이다. 마음에 차지 않더라도 내게 주어진 운명을 따스하게 품는 것, 그것이 사랑이다.

송화 가루 날리는 세상, 모란은 진작 피었건만 봄은 다 오지 않은 5월, 사랑을 말한다. 내가 발 딛고 있는 세상, 나를 밀어 지금에 서게 한 역사, 내게 주어진 운명을 끝까지 사랑하는 책임과 인내를 새로이 다짐하고 싶기 때문이다. 내가 사랑하지 않으면 세상에 사랑은 없다. 세상에 편만한 따스하고 용감한 사랑을 감지하고 싶다.

안평대군은 수성궁 안에서 12명의 소녀들에게 온갖 기예를 가르치며 외부 세계와 조금도 통하지 못하게 했다. 17세 운영雲英은 12소녀 중 하나이다. 14세 소년 재사 김진사는 대군의 문객文客이다. 운영과 김진사는 남몰래 눈이 맞았다. 어느 날 대군은 운영에게 먹을 갈게 했고, 김진사가 시를 지을 때 홀연 먹물 한 방울이 운영의 손등에 떨어졌다. 한 점 인연이 생긴 것이다. 운영은 차마 그 먹 자국을 지워버리지 못했다.(『운영전』)

최앵앵崔鶯鶯은 어머니와 함께 아버지의 영구를 모시고 고향으로 가다가 길이 막혀 보구사普救寺에 머물게 됐다. 그때 마침 조실부모하고 세상을 유랑하던 장군서張君瑞도 보구사에 묵게 됐다. 앵앵에게 첫눈에 반한 장군서는 주지에게 부탁하여 앵앵의 숙소와 가까운 서쪽 곁채[서상西廂]를 빌렸다. 그리고 부모의 재를 올린다는 핑계로 앵앵 모녀의 재회齋會에 참여한다. 이후 장군서의 마음은 이러했다.

그대 잠깐 던진 아름다움에
만 갈래 그리움을 나는 줍노라.

달 밝은 밤 두 사람은 시를 주고받으며 서로의 마음을 떠본다.(『서상기西廂記』)

1772년경, 17세의 귀족 출신 포트르 안드레이치는 퇴역 중령인 아버지에 의해 변경으로 입대 조치됐다. 페테르부르크에서의 낭만적인 생활을 꿈꾸던 그의 꿈은 산산조각이 났다. 포트르가 배속된 벨로고르스크 요새는 키르기즈 초원의 접경지인데, 시설과 군대 모두 형편없이 허술한 곳이다. 포트르는 여기서 요새의 사령관인 대위의 딸 마리야 이바노브나를 사랑하게 된다. 그는 사려 깊고 감정이 풍부한 아가씨를 위해 시를 썼고, 자기 사랑을 모독한 동료와 결투를 하다가 중상을 입었다. 닷새 만에 깨어난 그는 마리야의 입맞춤에 자기 몸에 한줄기 불길이 확 번져나가는 것을 느꼈다.(푸슈킨(1799~1837), 『대위의 딸』)

　대학의 스페인어 강사 로베르트 조던은 신념에 따라 1930년대 후반 스페인 내전에 참여한다. 다리 폭파의 임무를 띤 그는 그 근처 게릴라 부대를 찾아간다. 거기서 파시스트들에게 가족을 잃고 온몸을 유린당한 19살 마리아를 만난다. 조던과 마리아는 작전 수행이 있기까지 사흘 동안 뜨거운 사랑을 나누며 행복한 미래를 꿈꾼다. 둘째 날 한밤중에 깨어난 조던은, 그녀가 생명의 전부이며 남에게 빼앗길 것 같기나 한 듯 그녀를 꽉 끌어안았다. 이튿날 그는 그녀와의 사랑만으로도 자신의 삶은 행운으로 가득 찬 것이라고 생각하며, 죽음을 두려워하지 말라고 자신에게 속삭인다.(헤밍웨이, 『누구를 위하여 종은 울리나』)

　네 이야기의 주인공들은 모두 예기치 못한 상황에서 사랑에 빠지고, 서로를 통해 삶이 거듭난다. 그 심정을 이제현(1287~1367)은 "빨래터 언덕 위에 버들이 늘어질 때 / 손잡고 속삭이던 백마 탄 님이시여 / 처마에서 쏟아지는 석 달 간 빗물인들 / 손끝에 남은 향기 어찌 차마 씻어내리"라고 읊었는데, 이는 당시 유행하던 민요를 번역한 것이다. 이승훈에 따르면 '너를 만난 날'은 날개가 달린 날이고, 현실이 사라진 초현실의 날이고, 새가 날아오던 날이고, 불안과 비참과 치욕 따위가 모조리 일어나 빛이 되던 날이다.(「너를 만난 날」)

　사랑은 이렇게 한 번에 오지만, 그렇다고 한 번에 다 오는 법은 없다. 선가의 수행에 비유하자면 돈오점수頓悟漸修인지라, 거기에는 고통과 인내가 수반된다. 배꽃에 달빛이 부서지는 밤 일지一枝 춘심春心을 품고 다정도 병인 양하여 잠 못 이루는 밤이 그것이고(이조년), 마음속 님의 고운 눈썹을 즈믄(천날) 밤의 꿈으로 맑게 씻는 마음도 그것이다.(서정주, 「동천」) "꿈속 넋 오감에도 발자국 남는다면 / 님의 집 앞 자갈길은 거의 모래 됐으리若使夢魂行有跡, 門前石路半成砂"(조원)나, "뵈오려 안 뵈는 님 눈 감으니 보이시네 / 감아야 보이신다면 소경 되어지이다."(이은상) 또한 시인에게 포착된 사랑의 수행이다.

운영과 김진사는 높은 궁궐 담장을 넘나들며 사랑을 이어간다. 궁궐 담장의 높이는 금기의 표상이다. 금기를 어긴 두 사람은 죽음으로 마음을 지키고자 했다. 최앵앵과 장군서는 곡절 끝에 사랑을 나눈다. 앵앵은 부친의 상중이었고, 그들이 사랑을 나눈 공간은 사원이었다. 「서상기」에 대해 음서淫書라는 비난이 그치지 않았는데, 김성탄金聖嘆(1608~61)은 이를 두고 "문사가 보면 문장이고, 음탕한 자가 보면 음서文者見之謂之文, 淫者見之謂之淫"라는 말로 일축했다. 포트르는 목숨을 걸고 적진으로 향해 연인을 구해오고, 큰 부상을 입은 조던은 "두 사람 중 한 쪽이 있는 곳에서는 언제나 두 사람이 함께 있는 거야"라는 말로 마리아를 보내놓고 혼자 죽음을 맞이한다.

뜨거운 사랑은 오래 묵고 많이 참는 단련의 과정을 거쳐 그윽한 사랑이 된다. 오랜 세월 사랑을 지켜주는 것은 책임과 인내이다. 마리야의 아버지 이반 대위는 주변 요새들이 반란군에게 점령되어가자 아내에게 몸을 피할 것을 권한다. 아내 바실리사는 말한다. "여태껏 같이 살았으면 죽을 때도 같이 죽어야지요." 상황이 급박해지자 이반은 딸과 부인을 보내며 말한다. "자, 미샤, 행복하거라. ……나와 바실리사가

살았던 것처럼 너희들도 살거라. ……여보 우리도 키스합시다." 부인
은 울면서 말했다. "잘 가세요. 제가 혹시 당신께 잘못한 일이 있거든
용서하세요!"(석영중 옮김) 연륜이 쌓이고도 두세 번 읽어야 눈에 들어오
는 대목이다.

　　서로를 생각하는 이용과 월선의 마음은 애틋하기 그지없지만 운명
은 두 사람의 인연을 조금씩 빗나가게 했다. 어긋나던 인연은 월선의
죽음 앞에서 겨우 합치된다. 용은 다 죽어가는 월선을 내려다보았고,
월선은 그 모습을 눈이 부신 듯 올려보았다.

　　"오실 줄 알았십니다."
　　"산판일 끝내고 왔다."
　　용이는 속삭이듯 말했다.
　　"야 그럴 줄 알았십니다."
　　"임자."
　　얼굴 가까이 얼굴을 묻는다. 그리고 떤다. 머리칼에서부터 발끝까지 사
시나무 떨 듯 떨어댄다. 얼마 후 그 경련은 멎었다.
　　"임자."
　　"야."
　　"가만히," 이불자락을 걷고 여자를 안아 무릎 위에 올린다. 쪽에서 가느
다란 은비녀가 방바닥에 떨어진다.
　　"내 몸이 찹제?"
　　"아니오." ……

"니 여한이 없제?"

"야, 없십니다."

"그라믄 됐다. 나도 여한이 없다."

머리를 쓸어주고 주먹만큼 작아진 얼굴에서 턱을 쓸어주고 그리고 조용히 자리에 눕힌다.

— 박경리(1926~2008), 『토지』

이 짧은 대면으로 두 사람은 오래도록 자신들을 괴롭히던 운명의 장난을 떨쳐낼 수 있었고, 한을 남기지 않아도 됐다. 가슴속에서 묵직한 무엇이 빠져나가는 듯 한숨이 새어나오는 대목이다.

심각하게 인류의 운명을 걱정하고 사회개혁을 꿈꾸며 혁명사상이 담긴 책들을 탐독하던 10월의 마지막 날, 나는 굶주림에 지쳐 강가를 헤매다가 술집 여급 나타샤를 만났다. 그녀는 세상에 대한 저주와 분노로 삶의 벼랑 끝에 선 상태였다. 우리는 함께 빵을 훔쳤다. 내가 이빨을 부딪치며 추위에 떨자, 나타샤는 아이 달래듯 나를 어르며 자신을 끌어안게 해주었다. 내가 알지 못할 감동에 눈물을 흘리자, 그녀는 "울지 말아요! 하느님이 당신을 축복해주실 거예요. 일터에도 곧 나갈 수 있을 거구요"라고 달래주며 입을 맞추었다. 내가 세상에 태어나 처음 받은 키스였다. 그밤 이후 나는 반년간이나 빈민가를 누비며 그녀를 찾았지만 만나지 못했다. 나는 그녀를 위해 진심으로 축원했다.

혹 그 사이 그녀가 죽었다면……. 그것은 그녀를 위해 더할 나위 없는 축복이었으리라, 고이 잠들기를! 살아 있다면······영혼이여 평화롭기를! 부디 그녀의 영혼에 자신이 타락한 여자라는 죄책감 따위는 깃들지 말기를!

— 막심 고리키, 안의정 옮김, 「어느 가을날」

어느 날 퇴근길에 전철 안에서 이 짧은 글을 읽었을 때, 나는 행복감에 사로잡혔는데 마치 전철 안의 사람들이 모두 향기를 내고 있는 느낌을 받았다. 그리고 천하 만대에 길이 남을 장편 거작을 남기지는 못할지언정, 이렇게 짧고 소박하고 아름다운 이야기는 하나 남겨야 하지 않겠나 하는 생각을 했다. 이 세상 누구에게도 이러한 사연 하나쯤은 있을 것이고, 재주는 없어도 온 정성을 모으면 짧은 이야기 하나는 지을 수 있지 않을까? 문학의 몫은 이러한 이야기를 유통시켜 세상의 온기를 유지하는 것이다.

자기모순에 빠진 어떤 의사의 이야기가 있다. 자신은 인류를 너무 사랑하는데, 인류 전체를 사랑하면 할수록 인간 하나하나에 대한 사랑은 점점 더 적어지며, 반대로 하나하나의 인간을 증오할수록 인류 전체에 대한 사랑은 뜨겁게 타오른다는 것이다. 조시마 장로는 믿음이 부족한 귀부인에게 이 이야기를 들려주며, 실천적인 사랑과 공상적인 사랑을 구분한다. 그에 따르면 실천적인 사랑은 묵묵한 노동과 인내일 뿐이며, 아무리 애써도 목표로부터 멀어지는 듯한 느낌이 들게 된다고 한다.(도스토예프스키, 『카라마조프 형제들』) 장로는 나타샤의 사랑을 이야기한 것이다. 세상에 이런 나타샤는 얼마나 많은가!

샤갈, 「파란 얼굴의 약혼녀」, 1939~60년, 100×80cm, 파리 개인 소장.

셰익스피어(1564~1616)의 희극 『한여름 밤의 꿈』은, 아테네의 공작인 테세우스와 아마존의 여왕 히폴리타의 결혼을 앞두고, 밤사이 세 쌍의 남녀 사이에 벌어지는 사연들을 유쾌하게 펼쳐낸다. 우여곡절 끝에 세 쌍의 관계가 조화롭게 정리되고 테세우스와 히폴리타의 결혼식이 됐다. 너그럽고 지혜로운 청년인 테세우스는 밤새 세 쌍의 남녀에게 있었던 사건들을 듣고는 이렇게 말한다.

미친 자나 연인이나 시인은 온통 상상력의 덩어리오. 널찍한 지옥도 수용 못할 정도로 많은 악마들을 본다오. 그러니 결국 광인이라는 거요. 연인도 뒤질세라 미쳐 가지고 집시의 얼굴에서도 미녀 헬렌의 아름다움을 보며, 번뜩이는 시인의 눈은 광기에 사로잡혀 천상에서 대지를 굽어보고 대지에서 천상을 쳐다보고 있으니 상상 속으로 나래를 펴서 미지의 사실을 그려내고 시인의 펜은 그들에게 형태를 만들어주며, 보이지도 않은 공기에다 이름을 붙여준다오.

— 신정옥 옮김

사랑하게 되면 그녀의 속눈썹 아래 감추어진 수심이 보이고, 봄 숲에서 우는 검은등뻐꾸기의 청아한 목소리가 들리고, 겨드랑이에 날개가 돋아 '너'에게 날아가게 된다. 그러니 그 사연을 어찌 말하지 않을 수 있으랴! 그래서 또 시인이 된다. 때로는 절망의 공포에 사로잡힌다. 그럴 때는 광인이 되기도 한다. 어쨌거나 세상의 다른 모든 존재들처럼 사랑에서 태어나지 않은 문학은 없다.

공포......

이따금 출몰하여 이름을 물어보는 심해의 괴물

🌺 새벽 세 시쯤 10층에서 엘리베이터 문이 열리더니 그냥 닫힌다. 누가 탄 걸까? 순간 머리털이 곤두서고 혈류가 멈추었다. 길을 잃어 깊은 숲 외딴 집에 묵게 된 나그네가 있었다. 할 수 없이 신세를 지긴 하는데 마음은 두려움에 사로잡힌다. 그는 밤새 괴물들에게 쫓기며 살해 위협을 받는다. 경험 없는 초병은 적병을 발견하여 소총을 난사한다. 독서실에서 밤늦게 귀가하던 학생은 집에 오는 내내 자신을 쫓아오는 흰 옷 입은 여인 때문에 식은땀을 흘린다.

엘리베이터는 오작동했고, 나그네는 밤새 악몽에 시달린 것이다. 적병은 바람에 흔들리는 나무 그림자였으며, 학생의 눈가에는 밥풀이 묻어 있었던 것이다. 이 모두는 공포가 불러온 것이다. 시간이 낮이었거나 혼자가 아니었다면 그런 어처구니없는 일은 일어나지 않았을 것이다. 모든 공포 이야기는 낯선 곳 어둠 속의 적막을 배경으로 하여 '혼자' 겪는 사건이다. 무지에서 비롯되는 공포는 손쉽게 상황이나 대상을 왜곡하고 변형하고 굴절시킨다.

많은 경우 공포는 유년기의 체험으로 기억된다. 아이는 어느 시점 '무서운 이야기'를 접하게 된다. '무서운 이야기'는 낯설고 경이로운 세계이다. 일단 이 세계를 접한 아이는 눈을 가리면서도 거기에 탐닉한다. 때로 아이는 세계와의 합일이 깨어지고 낯선 세계에 혼자 남게 되는 상황에 처한다. 눈을 떠보니 엄마가 없는 것이다. 경이로운 세계를 접하든, 혼자 낯선 세계에 남겨지든, 아이가 체험하는 것은 공포이다. 거대한 세계와 무서운 힘을 체감하는 것이다.

十三人의 兒孩가 道路로 疾走하오.
......
十三人의 兒孩는 무서운 兒孩와 무서워하는 兒孩와 그러케 뿐이 모혓소.

—이상(1910~37), 「오감도烏瞰圖」

빠져나가지 못해, 빠져나갈 수 없기에 두려움에 사로잡혀 막다른 골목을 질주하는 아이는 악몽을 꾸는 아이이다. 제1의 아해부터 13의 아해까지는 공포가 증폭되고 증식되어감에 따라 달라지는 하나의 아해일 뿐이며, 나중에 남는 것은 '무서운 아이'(공포의 대상)와 '무서워하는 아이'(공포의 주체)로 분열된 자아이다. 막다른 골목은 차단된 출로를, 질주하는 공포 심리를 상징한다.

공포에 사로잡혀 있는 아이는 시인의 기억을 좀처럼 떠나지 않는 형상 중의 하나이다. 기형도는 동짓날 밤 어머니의 무릎을 베고 듣던 문풍지 우는 소리를 들으며 "어머니 무서워요 저 울음소리, 어머니조차 무서워요"라고 울었고, 스스로 어머니의 목소리를 빌려 "얘야, 그것은 네 속에서 울리는 소리란다. 네가 크면 너는 이 겨울을 그리워하기 위해 더 큰소리로 울어야 한다"라고 자위했다.(「바람의 집─겨울 판화版畵」 1」) 아무도 없는 기억 속 옛집에 들러, "덜컹이는 문고리 하나. / 막다른 골목에 갇혀 / 그 소릴 듣는다"는 시인 또한 유년기의 공포 체험을 말하고 있는 것이다.(백인덕, 「적막한 이주 5」)

공포를 체험하면서 아이는 혼자 남겨지는 것을 거부하게 된다. 그럼에도 불구하고 혼자 남겨지는 상황이 반복되면 공포는 마음 깊은 곳에 누적된다. 공포가 쌓여 있는 곳은 심해이고 절해고도이며 인적이 닿지 않는 저 깊은 숲이다. 거기에는 공포를 먹고 자라는 괴물이 산다. 그들은 합리적으로 생각되고 말해질 수 있는 것들의 한계에서 출몰하며, 어떠한 정의에도 붙잡히지 않으면서 정체성과 관련된 우리의 공적인 규범들에 도전한다.(리처드 커니, 이지영 옮김, 『이방인, 신, 괴물』) 심해의 괴물은 가끔 수면 위로 출몰하여 사람들을 놀라게 한다. 그건 각자의 존재 정체성에 대한 질문이기도 하다.

에드거 앨런 포(1809~49)는 세 살 이전에 부모를 잃었다. 젊어서부터 술과 도박과 아편에 탐닉했다. 지독한 생활고를 해결하기 위해 글을 썼는데, 그가 남긴 74편의 단편 대부분이 공포 이야기이다. 그는 자기 작품이 표방하는 주제는 공포이며, 그 공포는 영혼의 문제를 다룬 것이

뭉크, 「절규」, 1893년, 83.5×66cm, 오슬로, 뭉크미술관 소장.

라고 했다. 「검은 고양이」에 나오는 고양이는 초자연적인 괴물의 형상이며, 「어셔가의 몰락」의 초반부에 그려진 늦가을 저물녘 늪가의 황폐한 옛집은 바로 괴물의 집이다. 검은 고양이와 그 기괴한 분위기는 유년기에 포의 마음 깊은 곳에 축적된 공포감에서 나온 것이다.

괴물들은 사회 집단의 무의식에 거주하기도 한다. 사람들은 자기 의지와 앎을 압도하는 자연현상·사회 흐름·권력에 공포를 느꼈다. 미지의 거대한 힘이 합리적으로 풀리지 않고 굴절, 변용되면서 전설이 태어났다. 한밤중에 나타나서 억울함을 호소하는 귀신, 해마다 처녀를 공물로 받아먹는 지네, 부녀자를 납치하여 지하국으로 데려가는 금돼지 등은 초자연적인 현상에 대한 공포의 표현이다. 부모가 아들의 겨드랑이에 난 날개를 꺾자 앞산에서 용마가 울며 날아갔다는 「아기장수설화」는 권력에 대한 공포에서 만들어진 것이다.

이러한 현상은 과학이 발달한 현대사회에서도 사라지지 않는다. 한때 학교에서는 매번 2등만 하는 학생이 1등을 독차지하는 학생을 죽인 뒤 벌어지는 괴기담이 유행했고, 얼마 전에는 빨간 마스크라는 흉측한 이야기가 널리 퍼졌다. 이러한 이야기 뒤에는 무한경쟁에 내몰려 살해 충동에 시달리는 학생들의 공포감과, 외모지상주의 사회를 살아가는 현대인들의 낭패감이 도사리고 있다. 이야기들은 사회 집단의 내면 진실을 가감 없이 보여주는 신묘한 거울이었던 셈이다.

이지李贄는 말했다. 평소 식견이 풍부한 사람에게는 평범한 것도 견문이 적은 사람이 갑자기 보면 괴이한 것이 된다고. 이 말을 받아 200년 뒤에 박지원은 말했다. 통달한 선비에게는 괴이한 일이 없으니, 견문이 적으면 괴이한 것이 많은 법이라고. 광우병 논란을 두고 괴담怪談이라고 하니, 식견 없는 사람들이 보면 괴담임에 틀림없다. 설사 괴담이라고 해도 그것은 생존본능을 위협받는 공포감에서 발아된 것으로 국민들의 마음 깊은 심연의 진실임을 알아야 한다. 공포감은 자칫 괴담을 거쳐 괴물로 진화하여 세상에 출몰할 수도 있다.

역사적으로 보아 한 사회의 공포는 전란기에 최고조에 달한다. 생사가 오가는 전쟁에서 인간의 사유와 도덕적 판단은 중지되고 생존 본능만이 작동한다. 생존 본능에 공포감이 더해지면서 무자비한 학살과 피의 보복이 반복된다. 공포감은 공격성 및 살해 충동을 낳고, 그로 인해 공포감은 다시 증폭된다. 한 사회의 공포 상황과 한 개인의 공포 심리는 떨어질 수 없게 연결되어 있다. 문학은 둘의 관계를 정밀하게 추적해가기도 한다.

보리스 파스테르나크는 1917년 볼셰비키 혁명기 지바고가 적위군 빨치산에서 18개월 동안 지내며 듣고 본 이야기를 들려준다. 적위군 빨치산 대원 팔르이흐는 가족을 무척 사랑했다. 적위군과 백위군 사이 잔혹한 보복이 되풀이되는 동안 그의 가족이 부대에 도착했는데, 그즈음 그의 공포는 극에 달했다. 그의 머리에서는 고문당하고 신음하는 가족들의 모습이 떠나질 않았던 것이다. 그는 사랑하던 아이들에게 목각 인형을 만들어주던 예리한 도끼로 가족들을 모두 죽이고 말았다. 가족에게 있을 고통을 미리 없애준 것이다.(『닥터 지바고』)

팔르이흐의 이야기는 자연스럽게 백제 장수 계백의 이야기를 떠오르게 한다. 나당 연합 대군 앞에서 나라가 풍전등화의 위기에 처하자

계백은 처자식이 적의 노예가 되어 욕을 당하는 것보다는 깨끗하게 죽는 게 낫다며 가족들을 모두 죽이고 황산벌에 나아갔다. 김부식이 이 이야기를『삼국사기』에 실은 이래, 계백은 오랜 세월 충의로운 장수로 칭송받아왔다. 하지만 이 이야기가 사실이라면 계백의 행위는 공포에서 기인한 것이다. 사실이 아니라면 이건 꾸며진 것이다. 충의로운 적군을 칭송하여 자기편에 본을 보이고 군신의 의리를 내세운 것은 오랜 세월 지속되어온 통치 전술이다.

최윤은『저기 소리 없이 한 점 꽃잎이 지고』(1988)에서 1980년 5월의 공포를 살려내고자 했다. 정신이 온전치 않은 15세 소녀는 시장에서 일하는 엄마와 둘이 산다. 대학에 다니던 오빠는 한 해 전 석연치 않은 사고로 죽었다. 그 뒤로 소녀는 엄마가 자기를 버리고 도망갈까봐 무서웠다. 그날도 엄마는 몇 번이나 소녀를 떼어놓으려고 했는데, 소녀는 필사적으로 엄마의 허리를 잡고 놓지 않았다. 그런데 엄마는 몸에 구멍이 난 채 피를 흘리며 죽었다. 소녀는 누군가에 의해 낯선 마을에 버려졌고, 두꺼비만한 딱정벌레들에게 쫓겨 동굴로 몸을 피했다. 눈만 감으면 그 괴물들이 나타났다.

남자는 공사 현장 근처에서 소녀를 발견했다. 그가 소녀에게서 느낀 감정은 공포였다. 처음에 그 공포는 분노의 감정을 일으켜 남자는 소녀를 구타했다. 시간이 갈수록 그녀의 아물지 않은 상처를 통해, 모든 의미가 비어버린 실성한 웃음을 통해, 흔적이 없이 지워져버린 인격의 모든 부재를 통해, 점점 더 자세하고 깊이 있게 그녀가 겪었을지도 모르는 소문의 도시 전체를 보았다. 그가 그녀와 함께 지낸 몇 달이 바로 지옥이었고, 그녀가 사라진 다음에도 지옥은 계속됐다. 극심한 공포는 시간이 지난 뒤에도 사라지지 않는 법이다.

당시 권력자는 공포에 사로잡혀 군대를 투입했고, 술을 마신 군인들은 공포에 사로잡혀 살육을 저질렀다. 소설 밖 역사의 상황이다. 소녀의 엄마는 아들을 잃으며, 소녀는 엄마를 잃으며 공포에 사로잡혔다. 그리고 그에게 소녀가 제3자 그녀가 아닌 2인칭 '너'가 되면서, 소녀의 체험은 고스란히 그에게 전해졌다. 그는 소녀의 행적을 찾아다닌 오빠의 친구들이고, 또 남겨진 자들이고, 소설 밖 독자들 우리이다. 작가는 그처럼 그날의 공포감을 체험하고 공유하라고 권하는 것이다.

괴물은 우리 안에 있는 타자이다. 아무리 없애도 사라지지 않는 에일리언은 내 마음 깊은 곳에서 샘물처럼 생겨나는 것이다. 그러니 우리가 해야 할 일은 그 괴물이 우리 자신의 일부라는 사실을 인정하는 일이다. 마찬가지로 마음이 불편하다고 해서 지난 공포를 잊으려 해서는 안 된다. 잊어버리려 하면 할수록 그 공포는 에일리언처럼 되살아난다. 공포에서 떠오른 괴물은 그 일그러진 모습으로 우리가 잊으려 하는 우리 내면 깊은 곳의 모습을 환기하는 것이다. 우리들 내면의 괴물을 불러내어 대화와 화해를 시도해야 하는 계절이다.

유폐……

벽을 감지하는 자만이 자유를 꿈꿀 수 있다

❦ 바람이 분다. 먹구름이 자욱하다. 세상은 겹겹 벽으로 둘러싸인 황량한 감옥이다. 나는 여기서 한 발짝도 벗어날 수 없다. 퇴근길 버스 안에서 문득 일어난 유폐감에 나는 추워졌다.

감옥이나 정신병원이 실제로 존재하는 이상 누구든지 그 안에 들어가 있어야 합니다.

체호프의 「6호실」에서 정신과 의사 안드레이가 정신병동 6호실에 갇혀 있는 이반에게 한 말이다. 푸코의 방대한 논의가 있기 전 체호프는 이미 알고 있었다. 죄와 정신병 때문에 감옥이나 정신병원이 필요한

게 아니라, 감옥과 정신병원이 있기 때문에 누군가는 그 안에 들어가 있어야 한다는 사실을. 이성은 지식을 내세워 정상과 비정상을 가르고, 권력은 법과 도덕을 내세워 선과 악을 나눈 뒤 후자를 가둔다. 하지만 그 기준이 엉터리이며, 때로는 거꾸로 되어 있음을 사람들은 안다.

통일신라 말기 경주 거리에 진성여왕의 어지러운 정치를 비난하고 망국을 예언하는 주문이 나돌았다. 왕은 그 배후로 왕거인王居仁을 지목하여 감옥에 가두었다. 왕거인은 울분을 참지 못하고 시를 지어 하늘에 하소연했다. 그러자 벼락이 내려쳐 감옥을 부숴버렸다. 『삼국유사』 「거타지 설화」의 배경으로 나오는 이 짧은 이야기는 민중들의 감옥관을 여실히 보여준다. 불의의 시대 감옥은 의로움의 표상이 된다.

맹호가 깊은 산에 있으면 온갖 짐승들이 두려움에 떨지만, 함정에 빠지고 나면 꼬리를 흔들며 먹이를 달라고 합니다. ……이제 손발이 묶인 채 칼을 차고 맨몸에 매를 맞으며 감옥에 갇혀 있을 때, 옥리를 보면 땅에 머리를 조아리고 간수만 보아도 숨을 죽이게 마련입니다.

사마천이 감옥에 있는 임안任安에게 보낸 편지의 일절이다. 일단 함정에 빠지고 나면 맹호도 고기 한 점에 꼬리를 흔들고, 제아무리 권세 있고 반듯하던 선비라도 옥리에게 머리를 조아리게 된다. 철창 안에 갇히는 순간 자유는 저당 잡히고 인격은 무시된다. 단지 살아남기 위해서라면 무릎은 만 번이라고 꿇게 된다. 숲의 제왕인 맹호도 그러할진대 토끼나 노루야 더 말할 것이 없다.

고야, 「감옥」, 1810~14년경, 42.9×31.7cm, 바르나르, 성 보우즈 미술관 소장.

위협과 모욕과 지탄 속에 사람들은 공포와 수치심과 자학에 빠지고, 이는 무력감으로 이어진다. 물리적으로는 아무것도 할 수 없는 곳이 감옥인 것이다. 여기에는 절망과 슬픔만이 가득하다. 진양조 가락으로 애잔하게 늘어지는 춘향의 「옥중가」를 들으며 그 시대 사람들은 자신들이 듣거나 겪었던 감옥의 사연을 떠올리며 눈물을 흘렸을 것이다. 한 사형수가 옥중에서 지어 형장을 향해 아리랑고개를 오르며 부른 노래가 「아리랑」이고, 이후 사형 선고를 받은 사람은 누구나 이 노래를 불렀다는 김산(1905~38)의 이야기는 감옥에 얽힌 민중들의 슬픔을 절절하게 전해준다.(님 웨일즈, 송영인 옮김, 『아리랑』)

그럼에도 불구하고 「옥중가」와 「아리랑」은 슬픔이 슬픔에서 끝나지만은 않았던 사연을 말해준다. 그들은 그 상황에서도 노래를 부르며 자신들의 절망을 끌어안고 따스하게 슬픔을 보듬으려 했던 것이다. 「아리랑」이 죽음의 노래이지만, 죽음이 패배는 아니며, 수많은 죽음 가운데서 승리가 태어날 수 있다고 하여, 김산은 민중들의 끈질긴 생명력에 대한 애틋하고 두터운 신뢰를 보여주었다. 「아리랑」이 세계에서 가장 아름다운 곡조로 꼽힌 것은, 거기에 깊이를 헤아릴 수 없는 슬픔이 배어 있기 때문일 것이다. 이 노래들은 절망적인 유폐의 상황에서 포착된 진실이 어떻게 생명의 언어로 되살아나는가를 말해준다.

지난 시기 수많은 사람들은 감옥이 새로운 세계를 빚는 창작의 무대임을 보여주었다. 한비자는 법술에 능한 선비의 외로운 분노를 담은 「고분孤憤」을 지었고, 세르반테스는 왕실 감옥에서 『돈키호테』를 쓰기 시작했는데, 이 글들은 자기가 태어난 공간을 넘어 세상 널리 덩굴을 뻗쳤다. 그걸 어떤 시인은 "묶임으로써 풀어지는 포승의 자유 / 갇힘으로써 넓어지는 자유의 영역"(김남주, 「정치범」)이라고 했다.

좁은 곳에서 넓은 세계가 나고 구속에서 자유가 생기는 법이다. 간첩으로 몰려 1971년부터 1988년까지 옥살이를 했던 재일교포 출신 서준식은 옥중에서 쓰는 글이 맑고 치열하고 깊을 수밖에 없는 이유를 "본시 수인이란 남을 짓밟으려야 짓밟을 수도 없는 가장 밑바닥에 놓인, 따라서 세상에서 가장 부끄러움 없는 사람이기 때문"(『옥중서한』)이라고 했다. 감옥에서 나온 글은 때로 너무 순결하여 책장을 넘기면 활자가 깨어질까 두렵다.

1919년 3·1운동을 주도한 죄목으로 서대문형무소에 갇힌 한용운은 변호사를 대지 말고, 사식을 들이지 말며, 보석을 요구하지 말 것을 당부했다. 다음은 그가 수감 중 지은 여러 편의 시 중 「설야雪夜」이다.

사방 산 옥 에우고 눈은 바다 같은데 　　四山圍獄雪如海

이불 차갑기 쇠와 같고 꿈은 재가 됐네 　　衾寒如鐵夢如灰

철창도 가둬두지 못하는 것 있으니 　　鐵窓猶有鎖不得

한밤중 종소리는 어디서 오는 건가 　　夜聞鐘聲何處來

계절은 겨울이고 시간은 새카만 밤이다. 몸만 추운 것이 아니라 꿈도 재처럼 식을 만큼 절망의 상황이다. 그런 가운데 철창을 뚫고 은은히 들려오는 것이 있으니 바로 산사의 종소리이다. 안을 쳐서 밖으로 소리를 내는 종소리는, 산이 아니라 마음 깊은 곳에서 나오는 것이다.

종소리는 밤을 거둬가고 꿈의 불씨를 살릴 것이다. "좋은 쇠는 잘 불리는 데 있으니 여러 번 단련함을 마다하지 않는다眞金在冶, 不厭屢鍊"라고 했으니, 그야말로 두드릴수록 단단해지는 쇠와 같은 지사의 시라 할 만하다.

감옥은 진짜 삶의 학교가 되기도 한다. 함석헌(1901~89)은 평생 여섯 차례나 투옥됐는데, 감옥은 생각하는 곳이기에 밧줄과 고랑과 철창으로 된 대학이라고 했다. 그는 이 독특한 대학을 경험하며 숱한 글을 지었다. 주로 역사와 사상에 대한 그 글들이 문학작품 이상의 감동을 주는 것은 그의 가슴에 언제나 뜨거운 시심詩心이 있었기 때문이다. "자유하지 못하는 사람은 복종할 수 없다. 자유를 알기 전에 한 복종은 짐승의 길듦이지 인격의 순종이 아니다"는 얼마나 시적인가!

길산이 옥에서 달포를 지내는 중에 문득 설움 받는 백성의 삶을 스스로 깨우치게 됐다.

—황석영, 『장길산』

삶의 큰 진리를 감옥에서 배우고, 그 배움을 평생 실천한다는 점에서 장길산은 함석헌의 후배이다. 감옥에서 목수 출신 노인이 땅바닥에 집을 그릴 때 아래서부터 시작하는 것을 보고 자신의 서가書架가 한 번에 무너지는 낭패를 보았다는 신영복의 이야기는 널리 알려져 있다.(『나무야 나무야』) 따지고 보면 함석헌의 선배와 후배는 얼마나 많은가? 이들이 모이면 세상 그 어떤 대학의 동문회보다도 성대할 것이다. 이 자리에는 그중 몇 분만 모신 것이다.

　루이제 린저(1911~2002)는 나치 독일 말기인 1944~45년 반국가주의자로 감옥생활을 했다. 그녀는 비인간적인 처우를 견뎌내며 몰래 일기를 써서 감추었다. 뒷날 그녀는 어두운 과거는 그냥 조용히 내버려둬야 한다는 생각에 이 옥중일기의 출간을 결심하지 못했다. 그러다가 기차 여행 도중 사람들과 우연히 히틀러에 대해 이야기를 나누게 됐는데, 사람들은 20년도 안 지난 그 잔혹한 역사를 이미 잊고 있거나 거기에 무관심했으며, 심지어 히틀러를 옹호하기까지 했다. 그녀는 출간을 결심했고, 서문에서 이렇게 말했다.

　　과거로부터 분리되어 독립된 미래란 존재할 수 없다는 것을 알게 됐을 뿐만 아니라 과거라는 것이 도대체 존재하지 않는다는 것도 알게 됐다. 과거란 현재 속에 그대로 담겨 있는 것이며, 현재로부터 결코 분리될 수 없는 것이다.

　　　　　　　　　　　　　　　　　　　　　— 김문숙 옮김, 『옥중기』

　그녀는 악의 범죄를 은폐하고 기억하지 않으려는 사람들을 향해, '아름다운 영혼의 세계'로만 도피하는 것은 위험천만한 일이며, 인간의 기억으로부터 억지로 추방된 것은 언젠가는 다시 강한 힘을 가지고 새로 나타난다고 경고했다. 세상에 과거가 어디 있는가? 모든 과거는 다 현재에 들어 있으며, 미래로 가는 길을 알려주는 유일한 이정표이다. 그 대학을 다니지 않았다면 그녀도 웃으면서 히틀러를 추억했을 것이다.

우리는 모두 이념과 도덕과 논리의 포승에 묶여 있고 언어와 관념과 아집의 벽에 갇혀 있다. 사람들은 자신이 자유롭다고 생각하지만, 어떤 이들의 눈에는 불현듯 보이지 않던 벽이 나타날 때가 있다. 유폐를 자각하는 것이다. 자신을 둘러싸고 있는 여러 겹의 높고 튼튼한 벽을 감지하는 것이다. 그때부터 담장 밖의 세계를 상상하고 교신을 시도하고 탈출을 계획한다. 감옥은 가시적인 유폐의 장소일 뿐이다. 상상은 나를 가둬두는 힘에 대한 반작용인 것이다. 옥창 밖의 새들을 볼 때와 마찬가지로, 보이지 않는 벽을 감지하고 그 밖의 세계를 상상할 때 문학은 잉태된다.

보이지 않는 유폐의 벽을 끊임없이 감지하고 해방을 추구하는 것이 문학의 책임이다. 문학은 끝내 자기가 해방되어서는 아니 된다. 천형처럼 언제까지나 유폐의 실상을 감지해야 한다. 문학이 먼저 해방되고 앞서 자유로워진다면, 더 이상 육안으로 안 보이는 유폐를 감지하지 못한다면, 그 세상에 희망이란 없는 것이다.

이별......

갈림길 속 다시 갈림길, 묏버들 가려 꺾어 보내는 마음

모래밭에 말 세우고 배 오기를 기다리는데	沙汀立馬待回舟
한 줄기 안개 물결 만고에 시름겹네	一帶煙波萬古愁
산들이 평지 되고 모든 물 마른다면	直得山平兼水渴
이 세상 이별 사연 그제야 그치리라	人間離別始應休

최치원(857~?)이 당나라에 머물 때 우강芋江 가에 있는 역정驛亭 기둥에 적은 시이다. 말을 타고 배를 마중하러 나갔는데, 아무리 기다려도 배가 오지 않는다. 하릴없이 기다리다가 인간 세상의 설운 이별 사연들이 떠올랐다. 문득 고국과 부모 형제에 대한 그리움이 치밀어 올랐을 것이다. 우강芋江은 복건성福建省에 있다는데, 최치원이 언제 왜 이곳에 갔는지는 자세하지 않다. 880년 전후 황소의 난이 한창일 때 최치

원이 고병高騈의 종사관으로 있으면서 지은 것으로 보인다. 우강 가 모래밭에 그날 서성거리던 말 발자국이 지금도 남아 있는지 궁금하다.

1713년 대구판관으로 부임하는 아버지를 따라가기로 한 유척기兪拓基(1691~1767)는 이덕수李德壽(1673~1744)를 찾아가 말했다. "제가 멀리 떠나게 되니 친구들은 모두 저를 전송하는데, 어르신께서도 전송해주지 않으시겠습니까?" 이덕수가 말했다. "옛사람들은 술을 따라주며 전송했으니 이제 나도 술로 자네를 전송할까?" 유척기는 술은 좋아하지 않는다고 했다. 시도 숭상하는 바가 아니라며 마다했다. "옛사람은 문장을 지어주어 떠나는 사람에게 주었으니 이제 나도 그대에게 글을 지어줄까?" 하자 유척기는 꼭 원하는 바라고 했다. 이에 이덕수는 독서와 문장의 법을 담은 글을 지어주었다.(이덕수,「증유생척기서贈兪生拓基序」)

공자가 노자를 찾아가 예를 묻고 떠나려 하자, 노자는 전송하며 "내가 듣건대 부귀한 사람은 재물로 전송하고 어진 이는 말로써 보낸다고 하오吾聞富貴者送人以財, 仁人者送人以言"라 했다.(『사기』) 자로子路가 길을 떠나기에 앞서 공자에게 인사를 하자 공자는 "네게 수레를 줄까, 아니면 말을 해줄까贈汝以車乎, 以言乎"라고 했다.(「설원說苑」) 누군가 먼 길을 떠날 때, 술을 마시며 아쉬움을 달래고 격려와 당부의 말을 해주는 것은 오랜 풍속이다. 때로는 목이 메거나 차마 그 자리에 있지를 못해, 쪽지에 이별의 인사를 대신하기도 한다. 그것이 시가 되고, 노래가 되고, 이야기가 된다.

이별 사연 중에서 가장 애절하게 끊임없이 되풀이되는 건 역시 남녀간의 그것이다.

비 개인 긴 둑 위에 플빛이 짙어올 제　　雨歇長堤草色多

님 보내는 남포에 슬픈 노래 울리누나　　送君南浦動悲歌

대동강 저 물결은 언제나 마를 건가　　大同江水何時盡

이별 눈물 해마다 푸른 물결 더해주니　　別淚年年添綠波

　　　　　　　　　　　— 정지상, 「송인送人」

뭿버들 가려 꺾어 보내노라 님의 손에

자시는 창밖에 심어두고 보소서

봄비에 새잎 곧 나거든 날인가도 여기소서

　　　　　　　　　　　—홍랑

……영변에 약산

진달래꽃

아름 따다 가실 길에 뿌리우리다.

가시는 걸음걸음

놓인 그 꽃을

사뿐히 즈려밟고 가시옵소서.

……

　　　　　　　　　　　— 김소월, 「진달래꽃」

조선의 문인들은 고려 적 시 중에서 정지상의 「송인送人」을 엄지로 쳤고, 홍랑의 시조는 오랜 세월 절창으로 사랑받았으며, 김소월의 「진달래꽃」은 지금의 우리들에게 가장 친숙한 시이다. 시대는 다르지만 모두 여성의 목소리로 불리어진 이별노래라는 공통점을 지닌다. 펑펑 눈물을 쏟고, 묏버들을 꺾어주고, 진달래꽃을 뿌리는 행위는 모두 이별을 액면 그대로 받아들일 수 없는 심정의 표현이다.

우리 문학사에는 유난히 평양 대동강을 배경으로 하는 이별노래들이 많다. 고려가요 「서경별곡」이 그렇고, 정지상의 「송인」도 그렇다. 「진달래꽃」의 배경인 영변도 크게 보아 평양권에 속하고, 서도 사람들이 좋아한다는 시 「장별리將別里」의 무대는 대동강이다. 바닷가에서 발생한 민요 「배따라기」가 평양을 중심으로 전승된 것도 우연이 아니다. 조선 후기 야담에 등장하는 영변 지역의 노기老妓 옥매玉梅는 기녀들이 일찍 늙는 이유를 들려주는데, 이 이야기는 대동강을 배경으로 하는 이별노래들의 역사적 배경을 잘 설명해준다.

기녀가 남자를 따르는 데에는 여러 유형이 있습니다. 재물을 탐하여 따르기도 하고, 외모를 흠모하여 따르기도 하고, 풍채를 사랑하여 따르기도 하고, 인정에 매여 따르기도 하고, 사람은 끔찍이 싫어도 위협에 못이겨 따르기도 하고, 오랜만에 만나 따르기도 하고, 우연히 눈이 맞아 따르기도 합니다. 이러저러함을 막론하고 따른 지 오래면 자연 정이 깊어져서 차마 서로 떨어지지를 못하지만, 어느 누가 나를 위해 오래도록 관외에 머무르겠습니까? 떠날 때가 되면 멀리 남포南浦에 나아가 송별하면서 이별의 노래를 한 곡조 부릅니다. 그리고는 각자 건강하게 잘 있으라고 인사를 하지요. 이때의 심회는 거의 천 근의 단단한 돌이 강하게 가슴을 때리는 것과 같습니다. 멀리 떠나는 사람의 발치에서 이는 먼지를 바라보다가 눈물을 펑펑 쏟으며 돌아오는데 다시는 살고 싶지 않은 심정입니다. 세월이 지나 다시 다른 사람을 따르면 이전 사람과의 정은 모두 잊어버리지만, 송별하는 회한은 매양 이와 같으니 사람이 목석이 아닌 이상 어찌 쉽게 늙어버리지 않을 수 있겠습니까.

— 『야담기문野談奇聞』

기녀 제도는 애초 지방관이나 장병, 또는 사신들을 위해 만들어진 것이다. 그런데 '평양감사도 저 싫으면 그만'이라는 속담처럼, 평양은 예로부터 물산이 풍부하고 유흥이 발달한 곳이었다. 게다가 서북은 국경이 있는 곳인지라 군사들이 많았고, 평양에서 의주에 이르는 길은 조선과 중국 사신들의 왕래가 빈번한 곳이었다. 이래저래 서북 지역에는 기녀들의 수요가 많았고, 그중에서도 평양의 기녀들이 유명했다.

지방관이나 사신들은 합법적으로 기녀들을 가까이 할 수 있었다. 일상사의 구속이나 도덕적 규범으로부터 자유로운 곳에서 낭만적 사랑이 싹트고 익어갔다. 하지만 사신들은 머물지 않았고, 관리들도 임기가 차면 돌아가야 했다. 국법에 기녀들은 소속 관아를 떠날 수 없었으며, 떠날 수 있다고 한들 일상으로 돌아가며 사귀었던 기녀를 대동할 사람은 없었다. 평양에서 한양으로 가기 위해서는 대동강을 건너야 했는데, 배를 띄우는 곳이 남포南浦였다. 대동강 남포를 배경으로 수많은 이별의 이야기와 노래가 지어진 이유이다. 굳이 대동강이 아니더라도 전국

곳곳에서는 이러한 사랑과 이별의 사연들이 끊임없이 발생했으니, 그 지점에서 여성 목소리의 수많은 이별 노래들이 지어진 것이다.

이런 사연도 있다. 천여 년 전 신라의 김교각(696~794) 스님은 산문에서 동자를 내려보내며 시 한 수를 지어주었다.

공문이 적막하니 넌 집을 그리워했지	空門寂寞汝思家
운방雲房에 인사하고 구화산을 내려가렴	禮別雲房下九華
동무들과 죽마 타고 놀고픈 맘에	愛向竹欄騎竹馬
절집에서 불법 공부 뒷전이었지	懶於金地聚金沙
시내에서 물 긷다가 달 부름도 그만이고	添瓶澗底休招月
차 달이다 꽃 희롱할 그런 일도 없을 게다	烹茗甌中罷弄花
잘 가거라, 자꾸 훌쩍이지 말고	好去不須頻下淚
노승에겐 안개와 노을이 있지 않으냐	老僧相伴有煙霞

—「송동자하산送童子下山」

아이는 왜 물을 긷다가 달을 불렀고, 차를 달이다가 꽃을 희롱했을까? 고향의 어머니와 가족이 그리웠던 것이다. 스님은 아이를 가족의 품에 돌려보내기로 결정했다. 법法이니 이理니 하는 건 모두 부질없다. 그걸 모두 감싸고 있는 건 정情이며, 아이에게 최상의 법이란 바로 어미의 품임을 알았기 때문이다. 그런데 아이는 막상 내려가며 그간의 정 때문에 눈물을 훔친다. 이를 본 노승의 마음 또한 적잖이 흔들렸다. 노승은 못내 울며 떠난 아이를 마음에서 지우지 못한 것이다. 스님은 울지 말라고 했지만, 그 광경을 떠올릴수록 자꾸 눈물이 맺힌다.

물은 모두 달빛을 머금어 있고	有水皆含月
구름을 아니 두른 산이 없단다	無山不帶雲
겹겹이 둘러싸인 산수의 맛을	重重山水趣
널 보내며 두세 번 거듭 말하네	送爾再三云

조선 후기 최눌最訥(1717~90) 스님이 산문을 나서는 사미에게 준 시
이다. 그는 왜 산중의 아름다움을 누누이 얘기할까? 돌아오지 않을까
저어하기 때문이다. 왜 "꼭 돌아오렴!"이라고 말하지 못할까? 강요하
고 싶지 않기 때문이다. 속내 말은 다 못하고 혼자 마음을 끓이는 것이
다. 여기서 "있으랴 하면 제 구태여 가랴마는 / 보내고 그리는 정은 나
도 몰라 하노라"는 황진이의 시조가 떠오르는 것은 생뚱맞은 일인가?

1570년 3월 이황이 벼슬을 그만두고 낙향할 제 한양의 친우들이
전별시를 지었다. 그중에서 박순(1523~89)의 아래 시가 사람들의 입에
널리 오르내렸다.

고향 생각 고리처럼 끊이지 않아	鄕心不斷若連環
단기로 오늘 아침 성문을 나서시네	一騎今朝出漢關
추위는 죽령 매화 피지 않게 잡아두니	寒勒嶺梅春未放
노선이 돌아오길 기다리는 것이라네	留花應待老仙還

한양에서 안동에 가기 위해서는 죽령이든 조령이든 한번은 소백산 맥을 넘어야 한다. 28자 안에 이런저런 마음을 담아야 하니 여러 말 할 겨를이 없다. 그래서 죽령의 매화를 불러왔다. 퇴계가 돌아오는 때에 맞춰 꽃망울이 틔도록 하려고 늦추위가 매화를 억제하고 있다는 것이다. 자연도 절기를 어겨가며 퇴계를 맞이한다고 하니 더 할 말이 없다. 보내는 사람도 떠나는 사람도 마음이 흡족했으리라.

이런 이별도 있다. 1579년 겨울 무렵, 함경도 고산의 찰방을 지내던 임제林悌(1549~87)는 강원도 원산에서 누군가와 헤어지며 한 수 시를 지었다.

북국 사람 일어나고 남쪽 사람 돌아가는데	北人將發南人歸
망해루 앞 고적 소리 발길을 재촉하네	望海樓前催鼓笛
백 잔 술에 말에 올라 황금 채찍 휘두르니	百杯上馬揮金鞭
석 자 쌓인 관산 눈도 조금도 두렵잖네	不怕關山三丈雪

망해루 위 이별주가 다해가는데 어디선가 군막의 북과 나팔 소리 급히 울려퍼진다. "잘 가게!" 한마디 남겨놓고 말에 뛰어올라 채찍을 휘두르니, 준마는 설산 사이를 바람처럼 내달린다. 북국의 찬바람이 귓전을 스치는 듯하다. 술자리를 떨치고 일어남도, 그리고 돌아서 내달림도 거침이 없다. 긴장감 넘치는 변방에서 이별의 슬픔에 젖음은 감정의 사치인 것이다. 색다른 맛이 아닌가!

정신분석학자들은 말한다. 인간은 어머니의 모태를 벗어나며 분리를 체험하고, 이때 생긴 외상은 평생 불안을 조성한다고. 탄생은 곧 분리의 아픔인 셈이다. 그 이후에도 우리의 삶은 헤어짐의 연속이다. 최치원은 정든 사람을 두고 평양을 떠나며 지은 시에서 "서로 만나 이틀 묵고 또 다시 헤어지니 / 갈림길 속 갈림길 시름겹게 바라보네相逢信宿又分離, 愁見岐中更有岐"라고 탄식했다. 자주 마음을 줄수록 이별도 잦고, 사랑이 깊을수록 헤어짐의 상처 또한 깊게 마련이다. 세상에 갈라지지 않는 길이 어디 있으며, 그러니 이별의 사연은 그칠 날이 없는 것이다.

때로 사람들은 이별에 앞서 미리 마음을 단단하게 다진다. 헤어진 뒤에는 회자정리會者定離의 이치를 떠올리며 마음을 달래고 또 달랜다. 아니면 애초 이별이 무서워 만남과 결연 자체를 거부하기도 한다. 이수광李睟光(1563~1628)이 어느 역정驛亭 기둥에서 보았다는 시, "뭇 새들 한 가지에 모여 자고선, 날 밝자 각자 서로 날아가누나. 우리네 인생 또한 이와 같으니, 눈물로 옷자락을 적실 것 있나衆鳥同枝宿, 天明各自飛. 人生亦如此, 何必淚霑衣"(『지봉유설』)는 그런 마음을 표현한 것이다. 하지만 이 시 또한 이별의 아픔과 슬픔을 애써 달래려는 노력에서 나온 것이지, 그것을 넘어선 것이라고는 볼 수 없다. 이 또한 이별의 지점에서 탄생한 시인 것이다.

잡고 있던 두 손을 못내 놓지 못하거나, 그의 등이 사라진 자리에서 차마 눈길을 거두지 못할 때, 가슴에 맺히는 눈물에서 문학이 태어난다. 심상한 말로는 차마 헤어지지 못한다. 문학이란, 차라리 말문이 막혀 울먹이는 마음이다. 술에 취해 꿈결에서 헤어지고픈 마음이다. 아니면 그의 발길 앞에 달빛을 모아주거나, 꽃을 뿌려주는 마음이다. 만

해는 노래했다.

이별은 미의 창조입니다.

......

님이여, 이별이 아니면 나는 눈물에서 죽었다가 웃음에서 다시 살아날
수가 없습니다. 오오 이별이여.

미는 이별의 창조입니다.

— 「이별은 미美의 창조」

벗이여, 그대가 있어 나는 편지를 쓰네

🌿 성운成運(1497~1579)은 속리산 품에서, 조식曹植(1501~72)은 지리산 자락에 살았다. 하루는 속리산에서 지리산 자락의 조식을 찾아온 사람이 있었다. 성운의 편지를 가져온 것이다. 조식은 그를 기다리게 해놓고 답장을 썼다.

이제 이중선李仲宣이 공을 대하던 눈으로 다시 나를 보는 것이, 마치 선가禪家에서 마음에서 마음으로 불법을 전하는 것과 똑같습니다. 말없는 가운데서도 공의 모습과 일상의 생활을 알 수 있으니, 우리 둘이 마주앉아 이야기를 나누는 것 같습니다. 그래 그 자리에서 등불 아래 손님을 앞에 놓고 편지를 쓰는데, 쌓였던 정이 막혀 글이 나오지를 않습니다. 다시 붓을 잡았는데 할 말을 잊고 말았습니다.

그가 내 벗을 보고 왔으니 편지를 가져온 사람의 눈에 벗의 모습이 어려 있다. 마음이 지척이면 천리도 지척이라고 했다. 사람이 곧 떠나야 하니 답장을 써야 하는데, 가득 쌓인 회포가 쉽게 나오지를 못한다. 말은 작은 그릇인지라 큰 그리움을 담아낼 재간이 없다. 조식은 안타까운 마음만을 겨우 적었다. 붓을 잡고 종이를 내려보다가, 붓을 놓고 천장을 바라보기를 반복하는 조식의 모습이 그림처럼 눈앞에 펼쳐진다.

1751년 경기도 광주 텃골 안정복安鼎福(1712~91)의 집에 안산에서 사람이 찾아왔다. 이익李瀷(1681~1763)의 편지를 가져온 것이다. 안정복은 편지를 어루만지며 보고 또 들여다보았다. 스승의 손길이 만져지는 듯하다. 하지만 아무래도 필획이 예전 같지가 않다. 기력이 크게 쇠하신 건 아닐까! 그는 애잔한 마음을 감추지 못하며 답장을 썼다. 글은 이렇게 시작한다.

엎드려 살펴보매 자획이 떨리고 매끄럽게 글씨가 되지 않는 모양이 있으니, 혹 병환이 중하신 게 아닌지 억측을 해봅니다.

안정복은 편지에서 글자가 아니라 스승의 기력을 읽은 것이다. 1746년 이후 18년 동안 겨우 세 번에 걸쳐 나흘을 만났으며, 마지막 12년 동안은 아예 서로 얼굴도 보지 못했다. 그래도 편지를 통해 대화는 면면히 이어졌고, 서로에 대한 신뢰는 산악처럼 무거웠다. 『동사강목東史綱目』에는 스승의 가르침이 배어 있고, 『성호사설星湖僿說』에는 제자의 손길이 묻어 있다. 스승과 벗은 하나라고 했으니 (이지) 두 사람은 사제이자 붕우이고, 이들 사이에 오고간 편지는 만고에 썩지 않을 문학이다.

제齊나라의 권력을 다투는 두 왕자의 대결에서 관중管仲과 포숙鮑叔은 다른쪽에 섰다. 결과는 포숙이 가담한 왕자의 승리였다. 그가 뒷날의 환공桓公이다. 관중은 목숨을 부지하기 어렵게 됐다. 포숙은 관중을 적극 천거했고, 환공은 관중을 등용했다. 사람들은 관중의 변절을 비난했지만, 포숙은 끝까지 관중을 두둔해주었다. 관중은 주군 환공을 천하의 패자로 만들었다. 뒷날 관중은 포숙을 두고 "나를 낳아준 이는 부모이지만, 나를 알아준 사람은 포숙生我者父母, 知我者鮑子"이라는 말을 남겼다. 사마천은 관중의 일생을 입전하면서 이 일화 하나만을 소개했고, 그 뒤에 한마디를 덧붙였다. "천하 사람들은 관중의 현명함을 칭송하지 않고, 포숙의 사람 알아보는 능력을 대단하게 여겼다天下不多管仲之賢, 而多鮑叔能知人也." 관중의 성공 요인은 단 하나, 자신의 능력을 알아주고 지켜주고 사준 벗의 힘이었다는 것이다. 목걸이를 살리기 위해 여타의 액세서리를 다 포기하듯, 사마천은 이 주제를 살리기 위해 다른 일화들은 모두 버렸다. '관포지교'가 이토록 유명해진 것은, 두 사람의 우정이 대단해서라기보다는 사마천의 문장 덕분인 셈이다.

1766년 홍대용(1731~83)은 북경의 유리창 거리를 거닐다가 엄성嚴誠, 반정균潘廷均, 육비陸飛 세 수재를 만났다. 홍대용은 넓은 땅에서 제대로 된 선비를 만나고 싶었고, 세 수재 또한 진정한 지기知己를 만나지 못하고 있던 터였다. 홍대용이 북경에 머무는 두 달 동안 이들은 수시로 편지와 필담을 주고받으며, 서로의 마음에 깊이 빠지게 됐다. 이들은 뒷날을 기약하지 못하고 헤어졌다. 조선에 돌아온 홍대용은 왕복 편지와 필담을 묶어 『회우록會友錄』이라 했다. 글로써 벗을 모은다는 '이 문회우以文會友'(『논어』)에서 가져온 말이다.

이 『회우록』은 당시 조선 청년들의 뜨거운 사랑을 받았다. 이덕무는 이 『회우록』의 마디마디마다 자신의 논평을 첨부하여 엮고는 '천애지기서天涯知己書'라고 했다. 당나라 왕발王勃의 시구, "세상에 알아주는 벗이 있다면, 하늘 끝에 있어도 이웃과 같네海內存知己, 天涯若比隣"에서 가져온 말이다. 세 사람 중 동갑인 엄성과의 우정이 각별했다. 엄성은 홍대용이 선물한 조선산 먹을 가슴에 품고 세상을 떠났다. 엄성의 아들 앙昻은 홍대용을 백부라고 일컬으며 아버지의 유고를 부쳤는데, 이 책은 세상을 돌고 돌아 9년 만에야 도착했다. 그 안에는 엄성이 손수 그린 홍대용의 초상이 들어 있었다. 박지원은 이 사연을 중심으로 홍대용의 묘지명을 지었는데, 이 글이 또한 절세의 명문이 됐다.

차가운 겨울 풍경의 그림 한 폭이 있다. 허름하고 단조로운 집에 소나무 네 그루만 서 있다. 첫 느낌은 그저 휑할 뿐이다. 김정희(1786~1856)의 「세한도歲寒圖」이다. 싱겁기까지 한 이 그림이 뭐가 대단해서 국보나 될까? 그 답은 옆에 적혀 있는 제발문題跋文에 있다. 잘 나가던 김정희의 처지는 1840년 제주에 유배되면서 일순 적막해졌다. 그런데 중인 제자 이상적李尙迪(1804~65)만은 달랐다. 그는 역관으로 북경을 드나들면서 구입한 귀한 신간 서적을 해마다 스승에게 보내주었던 것이다. 학자에게 책은 생명 같은 것 아닌가!

감동한 김정희는 이 단출한 그림을 그렸고, 그 사연을 글로 지었다. "날씨가 추워진 뒤에야 송백이 늦게 시듦을 안다歲寒然後, 知松柏之後

김정희, 「세한도」, 1844년, 69.2×23cm, 서울 개인 소장.

凋也"는 말을 들며, 공자가 특히 이 말을 한 것은 '날씨가 추운 때에 마음에서 느껴 일어난 바가 있었기 때문'이라고 했다. 세한歲寒 시절 겪는 고통과 은혜에 대한 절절한 고마움을 모두 공자를 내세워 말하게 하고 있다. 마지막은 "한 사람은 살고 한 사람은 죽었을 때, 한 사람은 부귀하고 한 사람은 빈천할 때, 사귀는 정을 알 수 있다"고 한 사마천의 말을 상기시키는 것으로 마무리했다.

문득 그림은 김정희와 이상적의 사연은 물론, 고금의 현인 지사들이 겪는 시련과 고통, 그 속에서도 꺾이지 않는 지절과 우정으로 가득해진다. "빈 배에 달빛만 가득 싣고"라는 시조 구절처럼, 휑한 화폭은 온갖 사연으로 충만해지는 것이다. 이해 겨울 이상적은 북경에 가면서 이 그림을 품에 넣고 갔다. 이듬해 정월 옛 친구의 연회에 초대된 그가 살짝 그림을 내어놓자, 그 자리에 있던 열여섯 문사들이 감탄하며 다투어 시문을 지었다.

거문고 줄 꽂아놓고 홀연히 잠에 든 제
시문견폐성柴門犬吠聲에 반가운 벗 오는고야
아희야 점심도 하려니와 탁주 먼저 내어라

— 김창업

스르렁 스르렁 줄을 골라보고, 솔바람에 신곡을 타보다가 결국은 마른걸레로 잘 닦아 한 구석에 세워두고 잠이 든다. 왜 잠이 들었을까? 연주를 들어줄 사람이 없기 때문이다. 마음을 알아줄 이가 없음이다.

그때 문득 개 짖는 소리가 들린다. 옳거니, 거문고 연주를 들어줄 벗이 사립문을 들어서고 있지 않은가! 마땅히 술이 먼저고 밥은 나중이다. 찾는 이 없는 초야의 적막한 집은 손이 찾아오면서 아연 활기를 띤다. 우리 삶은 한 사람의 지기를 얻는 순간 생동하기 시작한다. 이 짧은 시조는 바로 그 순간을 포착한 것이다.

이규보(1168~1241)는 눈보라 속에 말을 타고 벗을 찾았는데 마침 벗은 집에 없었다. 그는 채찍을 들어 문 앞에 크게 자기 이름을 쓰고는 이렇게 읊조렸다. "바람아 부디 쓸지를 말고, 주인이 올 때까지 기다려다오莫教風掃地, 好待主人至." 보응普應(1541~1609) 스님은 황해도 바닷가 산중에 사는 벗이 그리웠다. 그래서 짧은 시를 지어 보냈다. 그대는 푸르고 너른 바다를 보았으리라. 하지만 "그대 향한 그리움을 견주어보면, 바닷물도 이보단 적을 것이네若比戀君情, 滄溟水更少." 그대로 흉내 내어 발길이 어긋나거나 멀리 있는 벗에게 문자라도 넣고 싶은 마음이 들지 않는가!

말과 글마저도 빼앗긴 어둠의 시대, 1942년 봄 경주에서 박목월(1916~78)과 조지훈(1920~68)은 처음 만났다. 지훈이 목월을 찾아간 것이다. 지훈은 경주에서 보름을 머물렀다. 그 사이 두 사람은 「완화삼」과 「나그네」를 주고받았다. 「완화삼」의 화자는 "구름 흘러가는 물길 칠백 리를 달빛 아래 흔들리며 가는 나그네"이고, 「나그네」의 화자는 "길은 외줄기 남도 삼백 리를 구름에 달 가듯이 가는 나그네"이다. 모두 가슴이 허허로운 외로운 나그네였다. 빼앗긴 겨울 들, 둘은 나그네로 만났고, 어설프게 주인인 양하지 않았다. 천지간을 홀로 걷는 두 나그네의 대화는 곧 현대시사의 한 면이 됐다.

　먼 벗에 대한 그리움, 의기투합의 환희, 위로와 격려, 죽은 벗에게 보내는 인사, 그리고 우도友道의 타락에 대한 개탄, 모두 문학이 태어나는 자리이거나 그 자체가 문학이다. 우정은 때로 생사, 시대, 언어와 같은 넓은 간극을 넘나든다. 1614년 춘천, 유배 온 신흠(1566~1628)은 청평사에서 이자현과 김시습의 옛 자취를 떠올리며 "그 뒤로 두 사람을 이은 이 없다 마오, 나도 거기 참여하여 삼현三賢이 되어보리莫道後來無繼者, 何妨共我作三賢"라고 읊조렸다. 빗속에 소쩍새가 우는 밤 나는, 앞서간 나그네들과 삼우三友가 되어 술 익는 마을에서 함께 취하는 꿈을 꾸어본다.

나는 미지의 세계를 꿈꾼다, 고로 존재한다

🦋 마쓰오 바쇼松尾芭蕉(1644~94)는 조각구름 몰아가는 바람결에 이끌려 방랑하고픈 생각이 끊이지 않아 1689년 봄부터 가을까지 다섯 달 남짓 도보로 여행했다. 몇 년 뒤 그는 여행지 오사카에서 죽으면서 아래 시(하이쿠)를 남겼다.

여행길에 병드니
황량한 들녘 저편을
꿈은 헤매는도다.

— 김정례 옮김

아프리카 최고봉 킬리만자로는 마사이족 언어로 '신의 집'이라는 뜻이다. 이 산의 서쪽 봉우리 아래에는 말라죽은 표범의 시체가 놓여 있다. 표범이 무엇을 찾으러 그 높은 곳에 이르러 죽었는지 아는 사람은 아무도 없다. 헤밍웨이(1899~1961)의 『킬리만자로의 눈』은 표범의 시체로부터 이야기를 시작한다.

소설가 해리는 부유한 독신 여인과 함께 아프리카 여행 도중 생긴 작은 상처를 치료하지 않았다. 상처에서 괴저가 발생하여 그의 다리는 썩어갔다. 고통 속에서 그의 의식은 오락가락했다. 깨어 있을 때 보면 들판 너머에서 하이에나 떼가 어슬렁거렸고 하늘에서는 독수리 몇 마리가 음울하게 날았다. 사이사이 의식이 없을 때는 환각적인 회고에 젖었는데, 그건 바로 자신이 미처 소설로 쓰지 못한 이야기들이다.

마지막 날 밤 문득 하이에나가 사람이 우는 소리를 냈다. 여인은 깜짝 잠에서 깨어 불안감에 사로잡혀 회중전등을 비추어보았다. 해리는 침대 아래로 다리를 축 늘어뜨리고 죽어 있었다. 그녀는 붕대가 모두 풀린 해리의 다리를 똑바로 쳐다보지 못했다. 하지만 그 순간 해리는 꿈을 꾸고 있었다. 친구가 비행기를 몰고 구조하러 온 것이다. 비행기 안에서 해리는 거대하고 높은 킬리만자로가 햇빛에 반짝이는 모습을 보았으며, 자기가 그곳으로 가고 있다는 것을 깨달았다.

표범은 무엇을 찾으러 그 높은 곳을 배회하다 죽은 것일까? 마찬가지로 사람들은 무엇을 추구하다가 죽음에 이르는 것일까? 표범은 무언가 숭고한 것을 찾았지만 말라빠진 시체로 남았고, 해리의 몸은 끔찍한 상처를 내놓고 죽었지만 그 순간 그는 '신의 집'을 향해가고 있었다. 마쓰오 바쇼는 죽어가면서도 황량한 들녘 저편을 꿈꾸었고, 해리 또한 고통스럽게 죽음을 맞이하면서도 소설 쓰기에 대한 꿈을 버리지 않았으며 신의 집을 찾아들었다. 두 예는 숨이 멎을 때까지 미지의 세계에 대한 꿈을 접지 않는 인간의 본성을 잘 보여준다.

10여 년 전 재일동포 작가 유미리는 "작가로서 중요하게 생각하는 것은 무엇인가"라는 기자의 질문에 이렇게 대답했다. "세상 사람들은 대부분 '아루'ある(있다)를 중시한다. 내겐 '나이'ない(없다)가 중요하다. 한국인도 못되고 일본인도 못되는 '나이'의 처지를 작품 속에서 살려가고 싶다." 그녀는 국적은 물론 학력과 평범한 가정도 없으며, 바로 그 '없음'에서 자신의 문학이 태어난다는 것이다. 유미리의 말을 들으면, "천하 만물은 유有에서 생기는데, 이 유有는 무無에서 나온다天下萬物, 生於有, 有生於無"는 노자의 말이 쉽게 풀린다. 모든 존재는 부재에서 나오는 법이다.

동경은 지금 여기 내게 없는 것, 미지의 세계를 향하는 마음의 작용이다. 부재와 결핍과 부족에서 끊임없이 발생하는 욕망이고, 공간과 시간과 능력의 한계를 넘어서려는 노력이다. 세상 노래와 이야기들 대부분은 그러한 마음의 작용으로 빚어진 것들이다. 고인 물은 시내를, 온실 속 화초는 거친 산야를, 나무는 구름을, 지상의 짐승은 천상 세계를 꿈꾼다. 그 반대의 경우도 성립된다. 지금 여기의 이야기는 현실이고, 지금 여기로부터 멀어질수록 낭만이 되고 환상이 되고 공상이 된다. 문학의 성격은 아주 간단하게 결정되는 것이다.

영국의 역사가 에릭 홉스봄은 세계의 여러 산적 이야기들을 분석한 결과, 이들 이야기 속 발전된 사회에서는 잃어버린 순수와 모험에 대한 동경이 있다고 했다. 로빈 훗 신화는 이러한 이상들 가운데서 자유와 정의에의 꿈을 강조한다. 중세의 녹림으로부터 오늘날까지도 텔레비전 화면을 통해 전해지는 것은 자유롭고 평등한 남자들의 동지애, 권력에 굴하지 않으며, 약하고 억압받고 기만당하는 자들의 편에 서는 것이다. 인간에게는 정의에 대한 그칠 줄 모르는 갈망이 존재하며, 정의를 부인하는 사회체제에 대해 그는 영혼으로부터 반항한다. 이렇게 보니 『수호전』, 『로빈 훗』, 『임꺽정』, 『장길산』 등의 소설은 모두 정의로운 사회에 대한 동경에서 태어난 것이다.

미시시피강 유역의 어느 마을. 톰은 틀에 박힌 공부와 생활을 견디지 못한다. 부랑아 허클베리 핀은 술주정뱅이 아들이다. 마을 아주머니들은 모두 그를 송충이처럼 미워한다. 하지만 아이들은 오히려 그의 환경을 동경하고, 그와 같이 되기를 바라기까지 한다. 어느 날 톰과 허클베리 핀, 그리고 엄마에게서 매를 맞고 나온 조 하퍼는 작당하여 해적이 되기로 하고 섬으로 간다. 섬에서 이들은 담배 피우기 등 어른의 행동을 흉내 내며 온갖 모험을 감행한다. 마크 트웨인(1835~1910)의 『톰 소여의 모험』은 어른과 모험을 동경하는 아이들의 이야기이다.

반대로 타락한 세상을 견디지 못하는 어른들은 아이들의 마음에나 있을 법한 순수한 세계를 꿈꾸기도 한다. 윤동주는 어머니를 부르며, 별 하나에 소학교 때 책상을 같이 했던 아이들의 이름과 이국 소녀들의 이름, 그리고 비둘기와 토끼, 릴케 등의 이름을 불러보았다. 하지만 "이네들은 너무나 멀리 있습니다 / 별이 아슬히 멀 듯이."(「별 헤는 밤」, 1941) 그는 함께 있고 싶은 이들의 이름을 하나하나 호명했지만, 그들은 하늘의 별처럼 너무 멀리 있었다.

박목월의 1940년대 시에는 '청운사靑雲寺', '구강산九江山', '자하산
紫霞山' 같은 낯선 지명들이 나온다. 그는 불안한 시대에 푸근하게 은신
할 수 있는 '어수룩한 천지'를 그리워했지만, 일본 치하에서는 어디 한
곳 은신할 수 있는 한 치의 땅도 없었다. 박목월은 마음의 지도를 그렸
다. 지도에서 주산은 태모산太母山이고, 그 줄기를 따라 태웅산太雄山,
구강산, 자하산이 있다. 자하산 골짜기를 흘러내려와 잔잔한 호수를 이
룬 것이 낙산호洛山湖와 영랑호永郎湖이다. 영랑호 맑은 물에 그림자를
드리운 봉우리가 방초봉芳草峰이며, 방초봉에서 아득히 바라보이는 자
하산의 보랏빛 아지랑이 속에 아른거리는 낡은 기와집이 청운사이다.
그 사이 어딘가에는 푸른 노루가 풀을 뜯고 있다. 나는 이 지도 한 장을
그려 걸어두고 싶다.

탄지신공彈指神功은 손가락으로 작은 돌을 튀겨 어마어마한 위력을
내는 신공으로 동사東邪 황약사의 절기이다. 타구봉법打狗棒法은 거지들
이 개를 물리치다가 터득한 봉술로 북개北丐 홍칠공의 비술이다. 곽정
과 장무기는 불의의 사고로 어려서 부모를 여의고 세상을 떠돈다. 재주
가 무디기 짝이 없는 이들은 좌절하고 번민하고 조롱받는다. 하지만 끈
기와 겸손으로 여러 스승을 차례로 섬기고, 그 과정에서 숨은 잠재력을
발휘하여 극강의 고수가 된다. 무협지 『영웅문』의 이야기이다. 무협의
세계는 왜소하고 무력하고 소심하고 상처받은 인간들의 동경이 투사되
어 만들어진 것이다. 나의 꿈은 아직도 종종 강호를 횡행한다.

사람들의 모든 동경 밑바닥에 깔려 있는 것은 아무래도 '방랑의

꿈'일 것이다. 어느 날 아침 모든 일상을 뒤로 하고 훌쩍 떠나 나그네가 되는 것, 부서의 장에게 사표를 제출하고 동료들을 뒤로 한 채 표표히 직장을 떠나는 것. 그것은 나를 가두고 있는 일체의 구속으로부터 자유로워지기를 바라는 것이다. 실제로 훌쩍 떠남을 감행하든 아니든, 그렇게 해서 얻은 자유가 다시 삶을 구속하든 아니든, 떠난 뒤 떠나온 곳을 그리워하든 아니든, 사람들은 누구나 '방랑하는 나그네'를 동경한다.

헤르만 헤세(1877~1962)는 이러한 방랑의 정신을 실천하고 문학으로 구현한 대표적인 작가의 하나이다. 그의 삶은 방랑의 연속이고 방랑 그 자체였다. 그는 방랑을 통해 성숙했고, 작가가 됐으며, 수많은 이야기들을 빚어냈다. 『나르치스와 골트문트』, 『싯다르타』, 『유리알 유희』 등 헤세 소설의 주인공들은 대부분 방랑을 통해 내면의 안주를 얻는다. 그의 시에서는 바람과 구름 등이 자주 방랑의 상징으로 등장한다. 그는 읊조렸다. "산 너머 저 어디엔가 / 나의 먼 고향 있으리." 방랑을 거쳐 닿는 곳은 고향이며 만나는 사람은 자기 자신인 것이다. 도달한 목표는 더 이상 목표가 아니며, 방랑자의 사랑은 소유하지 않는다.

> 하루가 아침과 밤 사이를 지나가듯이, 나의 생활도 여행에의 충동과 고향에의 동경 사이를 지난다.
>
> — 최혁순 옮김, 「방랑」

집에서는 방랑을 꿈꾸고, 방랑이 지치면 다시 집을 그리워하는 것이 나그네의 삶인데, 그 과정에서 나그네들은 자기도 모르는 사이에 작가가 된다. 김시습은 떠돎에 지쳐 "알겠네 나그네의 즐거움이란 / 가난해도 집에 삶만 같지 못함을始知爲客樂, 不及在居貧"이라고 읊었다. 집이 없어 가지 않는 것이 아니다. 하지만 막상 돌아와보면 집 안에 먼지만 자욱하여 정이 붙지를 않았다. 그래서 그는 다시 조각구름 한 마리 새가 되어 만 골짝 천 봉우리 밖을 떠돌았다. "올해는 이 절에서 묵지만 / 내년엔 어느 산으로 갈거나此年居是寺, 來歲向何山." 그 과정에서 멈추지 않는 방랑자의 마음을 찍어낸 시들과 『금오신화』가 탄생했다.

리처드 F. 버턴(1821~90)은 『아라비안 나이트』를 영역할 때의 기쁨을, "따분하고 평범하고 고상한 내 환경으로부터 마신魔神은 순식간에 나를 동경의 나라 아라비아로 데리고 간다"(김병철 옮김)고 했다. 이야기를 옮기고 있으면 초저녁의 사막은 금성의 빛으로 물들고, 저 멀리서 와다이족의 천막과 모닥불이 나타나고, 초원의 무덤과도 같은 옷자락을 펼치고 허연 수염을 기른 노인들이 화톳불 주위에 앉아서 이야기를 들었다. 샤리야르 왕과 화톳불 주위 아라비아의 노인들, 그리고 버턴과 우리들은 모두 자신도 모르게 마신이 안내하는 세계로 빠져들어가는 것이다. 낙타와 양탄자가 우리들을 저기저 세계로 태워다준다.

10여 년 오래 묵은 꿈이 있다. 우리 국토를 도보로 여행하는 것이다. 그 첫 단계로 올해에는 김해에서 경주와 포항과 영덕과 울진과 강릉을 거쳐 고성에 이르는 동해안 길을 걸어보고 싶다. 우리의 창해역사와 일본에서 온 거인이 싸웠다는 포항의 운제산도 올라보고, 옛사람들처럼 삼척의 소공대召公臺에 올라 멀리 울릉도를 바라보고 싶다. 밤에는 바닷가 객사에서 묵으며 파도소리에 섞여 있는 용의 울음소리를 들을 것이며, 새벽에는 포구에 나가 뱃사람들의 표정을 살펴볼 것이다. 가끔은 눈을 감고 석선石船을 타고 오는 53부처님의 광경을 상상할 것이다.

진晉나라 죽림칠현竹林七賢 중의 하나인 완적阮籍은 가다가 길이 막히면 통곡하며 돌아왔다는데, 나는 길이 막히는 지점에서 밤새도록 통천과 원산을 지나 철령을 넘고, 함흥과 북청을 지나 또 마천령을 넘어 경성을 거쳐 나진에 이르는 길을 갈 것이다. 날이 밝으면 더 많은 사람들이 그 길을 오갈 것이다.

신념......

뜻 세워 집 나서니 살아선 아니 돌아오리

🌿 사마천은 말했다. 사람은 한번 죽게 마련인데, 어떤 것은 태산보다도 무겁고 어떤 것은 기러기 털보다도 가벼우니, 이는 삶의 지향이 다르기 때문이라고. 마찬가지로 사람은 누구나 똑같은 언어를 사용하지만, 어떤 말에는 태산의 무게가 담겨 있고, 어떤 말은 오리털처럼 가볍다. 그 차이는 일생의 처신에서 비롯하는 것이니, 말의 무게를 결정하는 것은 솜씨가 아닌 행동이다. 태산의 무게가 담긴 말들은 개인의 삶을 넘어 역사의 이정표가 된다.

10여 년 전 김수영 전집의 여백에 이런 등속의 메모를 해놓았다. "자기 영혼을 잠재우지 못했던 사람. 늘 깨어 있었기에 고문의 의자에서 벗어나지 못했던 사람." 작년에는 나머지 여백에 다시 이런 메모를 했다. "삶도 시도 까칠했다. 하지만 그는 아직도 시정신의 주유소이다.

약고 원만한, 자기 몫 이상을 다 먹고 가는, 그래서 옆 사람은 물론 뒷 사람에게 아무것도 남기지 못하는, 똑똑한 타협주의자를 생각한다." 자기 몫을 다 챙겨먹고 남의 몫까지 착복한 뒤 떠나는 사람들만 있다면, 이 세상은 참 견디기가 어려울 것이다.

김수영은 자기 영혼에게 시는 용감하고 자유롭고 불온해야 한다고 끊임없이 속삭였던 사람이다. 그의 많은 시는 시인의 다짐이거나 시의 책무이다. 젊은 시인에게는 "눈 위에 대고 (마음 놓고) 기침을 하자"며 "가래라도 마음껏 뱉자"(「눈」)고 했다. 눈은 죽음을 잊은 종이이고 세상 이고 순결한 양심이다. 활자活字는 간간이 자유를 말하는데, "나의 영靈은 죽어 있는 것이 아니냐"(「사령死靈」)며 자학했다. 그가 가장 두려워한 것은 나이가 들어 삶도 시도 동그랗게 되어가는 것이었다. "정말 무서운 나이와 시詩는 / 동그랗게 되어가는 나이와 시."(「시詩」) 그에게 있어 동그란 것은 시가 아니었던 것이다. 그러니 그의 삶이나 시는 모두 원숙해질 수 없었다.

김수영을 보면 김시습이 떠오른다. 이 이상한 연상작용의 근거는 아마도 '원숙하지 못함'일 것이다. 이 '원숙하지 못함'은 의도된 것이고, 또 끝까지 견지됐으며, 시정신의 동력이 됐다는 점에서 공통점을 지닌다. "남아가 관 뚜껑 덮지 않았다면 / 일이 벌써 끝났다 말하지 마라 / 마음을 세움에는 조급해 말고 / 언제나 처음인 듯 끝을 삼가라男兒未蓋棺, 莫道事已已. 立心勿草草, 愼終常如始"는 세상과 끝까지 맞서기 위해 마음을 벼리는 시인의 다짐이 아닌가!

두 사람은 모두 똑똑한 타협주의자가 아니었으며, 시대와의 관계가 원만하지 못했다. 이들은 의식이 깨어 있는지 수시로 확인했으며, 신념이 실천되고 있는지를 예고 없이 점검했다. 양심에서 점화된 감시의 불빛 때문에 이들의 정신은 평생 안식하지 못했다. 어리석은 삶이었다. 하지만 태생적인 유전자인 그 잘난 '자의식' 때문에 번민할 때, 김시습과 김수영의 글을 만나면 상처가 아물곤 한다. 이들이야말로 고통을 감내하며 자기 몫의 양식을 뒷사람에게 남겨주고 간 사람들이 아닐까? 김시습이 뒷사람들에게 끊임없이 나눠주고 있는 것은 고독과 방랑자의 정신이다.

1045년 파릉巴陵 태수 등주종藤宗周은 동정호洞庭湖의 악양루岳陽樓를 고쳐 지은 뒤, 범중엄范仲淹(989~1052)에게 이를 기념하는 글을 청했다. 범중엄은 모두 359자에 지나지 않는 「악양루기」를 지었다. 경관이 아름다운 악양루는 유배객과 시인 등 각양각색의 사람들이 모이는 곳이다. 거기 선 사람들의 표정은 크게 두 가지이다. 먹구름이 음산하게 드리우고 바람이 사납게 몰아치는 날이면 사람들의 얼굴은 두려움과 근심으로 가득하다. 반대로 달빛이 고요하고 난초 향기가 은은한 날이면 서로 온 세상을 다 얻은 듯 술잔을 권하며 기세를 올린다.

범중엄은 이를 보고 고개를 갸웃거렸다. 그가 만난 옛날 어진 분들은 그렇지 않았기 때문이다. 그들은 주변 상황이 좋아졌다고 경망스레 기뻐하거나 일신상에 고달픈 일이 생겼다고 슬퍼하지 않았다. 조정의 높은 지위에 있으면 늘 백성들의 생활을 걱정했고, 혹 벼슬에서 물러나 강호에 있어도 임금의 정사를 걱정했다. 그들의 삶은 나아가도 걱정이요, 물러나도 걱정이니 걱정의 연속인 셈이다. 그리고 이런 문답을 가

설했다. 누군가 그들에게 묻는다. "그럼 언제 즐긴단 말입니까?" 아래
가 그들의 대답이다.

천하가 걱정하기에 앞서 걱정하고 先天下之憂而憂
천하 사람들이 즐긴 뒤에 즐기지요 後天下之樂而樂

　가정법으로 옛 인자들의 입을 빌려 말했지만 기실은 범중엄의 가
슴 깊은 곳에서 우러나온 말이다. 한마디 말에 만 근의 무게가 실려 있
다 함은 바로 이를 두고 이름이다. 범중엄은 악양루의 경관이 아니라
지식인의 책무를 말했다. 이는 곧 자신이 가야 할 길을 놓은 것이기도
하니, 신념은 때로 짧은 글을 먼 길로 만든다.
　이순신(1545~98)은 임진왜란중에 아래 시구를 남겼다.

바다에 맹세하니 어룡이 꿈틀거리고 誓海魚龍動
산에 다짐하니 초목도 내 마음 아네 盟山草木知

　사람의 귀에 들려준 시라기보다는 산과 바다를 두고 한 서원誓願이
다. 그 마음이 닿아 바다의 물고기와 용들도 감동하여 꿈틀거리고 산의
초목도 그 마음을 알아 가볍게 몸을 떨었다. 지금도 사람들은 그 목소
리에 가슴이 두근거린다. 이는 문사의 손끝에서 나올 수 있는 글이 아
니다. 어떤 이는 이 시가 완편이 되지 못함을 안타깝다고 했지만, 어디
꼭 넉 줄 여덟 줄을 맞춰야 시가 된다던가. 그리고 또 진중의 장수가 어

느 겨를에 글자 수나 맞추고 있을 것인가. 산을 우러르고 먼 바다를 바라볼 때 가슴에서 울컥 솟구치는 말이 우연히 시의 모습을 띠었을 뿐이다. 그것은 원래 가슴에 품고 있던 산악이고 바다였던 것이다.

무엇을 맹세했다는 말인가? 1594년 한산도에서 제작한 두 자루 칼에 새긴 검명劍銘이 대신 말해준다. "석 자 칼로 하늘에 맹세하니, 산하도 표정을 바꾸네三尺誓天, 山河動色", "한번 휘둘러 모조리 쓸어내어, 그 피로 산하를 물들이리라一揮掃蕩, 血染山河." 조국을 침범한 왜적을 남김없이 몰아내겠다는 것이다. 그 칼의 길이가 2미터에 이르고 무게는 5킬로그램이 넘으니 실제 휘두를 수 있는 게 아니다. 이순신은 밤낮으로 그 검기劍氣를 느끼려고 했으니, 두 자루의 칼 또한 바로 장수의 시인 셈이다.

김구(1876~1949)는 끝까지 남북 신탁통치를 반대하며 3·8선을 넘나들었다. 당시 그가 경교장에 머물면서 즐겨 쓴 휘호가 있었다.

눈 밟으며 들판을 간다고 해도	踏雪野中去
어지러이 밟아서는 아니 된다네	不須胡亂行
오늘 내가 지난 발자국은	今日我行跡
끝내는 뒷사람의 길이 될지니	遂作後人程

해방은 됐지만 정국은 혼미했고, 대세는 미국과 소련의 남북 분할 신탁통치였다. 그야말로 눈 쌓인 들판의 형국이었다. 사람들은 모두 우왕좌왕 자기 살길을 찾았으니 눈 위에는 발자국이 어지러웠다. 김구는

자신이 가야 하는 길을 생각했다. 그 길이 사람들의 길이 되고, 역사의 길이 될 것임을 알았기 때문이다. 그러니 어찌 취객처럼 어지러이 행보하랴! 그는 끝까지 남북을 오가며 단독 정부 수립을 주장했다. 당시 정지용은 시종 반탁 투쟁에 변절 없는 이는 '대大(백)범 옹'뿐이니 신문기자들은 최경어를 사용하라고 촉구했다. 60년이 지난 오늘 나는 지용의 말을 지지한다. 백범이 간 발자국이 있어 우리는 그걸 길로 삼아 가고 있지 않은가! 시는 조선 후기 이양연(1771~1853)의 「야설野雪」이다.

나는 반항한다, 그러므로 우리는 존재한다.

알제리 출신의 알베르 카뮈(1913~60)가 『반항인』에서 한 말이다. '내'가 반항하는데 왜 '우리'가 존재할까? 의식이 깨어 있을 때 세계는 부조리하다. 여기서 개인의 번민이 발생한다. 이 개인의 번민은 부조리에 반항함으로써 집단의 차원으로 옮겨간다. 반항 속에서 인간은 스스로를 초월하여 참으로 타인 속으로 들어가게 되며, 반항운동을 기점으로 하여 고통은 집단적인 것이라는 의식을 띠게 된다는 것이다. 내가 반항하는 데 우리가 존재하는 이유이다. 그는 어떤 자유도 한계가 있어야 한다며 일체의 폭력과 이데올로기를 부정했다. 이러한 주장으로 카뮈는 회색분자라는 비난을 들어야 했지만, 그의 문학 세계를 일관했던 그 신념은 오늘 이 땅에도 절실하다.

개인의 차원을 넘어 부조리한 세계와 마주설 때 신념은 권력의 핍박을 받는다. 신념을 지키는 삶은 슬프고 외롭다. 세계와 맞서는 긴장

속에서 몇 줄 글이 탄생한다. 1930년 스물세 살 윤봉길(1908~32)은 아내와 어린 두 아들을 두고 집을 떠나며 '장부출가생불환丈夫出家生不還(장부가 집을 나서니 살아서는 아니 돌아오리)' 일곱 자를 남겼다. 일제 말 이육사는 눈 내리는 겨울 노래의 씨앗을 뿌리며, "다시 천고의 뒤에 / 백마 타고 오는 초인이 있어 / 이 광야에서 목놓아 부르게 하리라"고 외쳤다. 그건 자기 다짐이요, 마음의 증거이며, 행동의 지침이다.

　이 몇 줄 글들은 활자에 그치지 않고 광장이 되고 또 길이 된다. 사람들은 그 광장에 모여 연대하고, 또 용기를 내어 그 길을 간다. 우리는 그것을 역사라고 한다. 이때 그 짧은 글은 표류하는 마음의 등대가 되고, 비바람 몰아치는 역사의 관제탑이 되는 것이다.

거꾸로 소를 타고 젓대를 부는 마음

🌿 일은 사방에서 예고 없이 터지고
야근의 연속이다. 그 사이 집안에는 제사가 있다. 전자우편함에는 소
명서를 청구하는 편지가 와 있고, 책상 위에는 세금 고지서가 놓여 있
다. 새벽 3시에 잠자리에 들어 겨우 눈을 떴는데, 아이는 가방 메고 서
서 수업 참관을 할 수 있는지 묻는다. 머리 터지기 일보 직전이다. 우
리의 일상이다.

방법은 오직 하나, 마음속 어딘가에 있는 고요함을 찾는 일이다.
정신 이상 현상을 치유하기 위해 정신분석가는 환자의 유년기 체험을
찾아간다. 단어의 뜻이 복잡하여 갈피를 잡기 어려울 때 언어학자는 어
원으로 거슬러 올라간다. 산에서 길을 잃어 똑같은 길을 반복하여 돌
때는 당황하지 말고 처음 출발했던 곳에 서야 한다. 일상이 너무 번잡

하고 분주할 때는 마음의 지도 속에서 한적閑寂(한가함과 고요함)의 지점을 찾아가야 한다. 세상의 모든 움직임은 고요함에서 나오는 법이니, 움직임을 다스리는 키도 고요함에 있게 마련이다.

옛사람들은 도연명의 「음주飲酒」시 중 "동쪽 울 아래서 국화를 따다 / 우두커니 남산을 바라보노라採菊東籬下, 悠然見南山"라는 구절을 좋아하여, '견見'자 자리에 '관觀'이나 '망望'이 들어갈 수 없는 이유를 말하곤 했다. '관'이나 '망'에는 의도가 들어 있지만, '견'은 사물과의 의도 없는 조우를 의미하기 때문이다. 시상은 이렇게 매긴다.

사람 사는 마을에 집이 있지만   結廬在人境
수레와 말의 시끄러움이 없다   而無車馬喧

그리고 이렇게 받는다.

그대에게 묻노니 어찌 그게 가능하오   問君何能爾
마음이 머니 곳은 절로 외지게 되지요   心遠地自偏

내가 제일 좋아하는 구절이다. 한가한 삶은 없다, 한가한 마음이 있을 뿐이다. 고요한 세상도 없다, 고요한 태도가 있을 뿐이다.

사마휘와 서서는 유비에게 와룡선생을 천거했다. 유비는 관우와 장비 두 아우를 데리고 제갈량을 찾았으나 두 번이나 헛걸음했다. 초야의 은사 제갈량으로서는 흥분되는 일이다. 보통의 경우라면 유비를 찾아갔거나, 아니면 서신이라도 보냈어야 했다. 하지만 마치 아무 일도 없었던 것처럼 그는 미동도 하지 않았다. 소강절邵康節은 "고요한 가운 데서 세상 움직임을 살피고, 한가로운 곳에서 사람들 분주함을 본다靜中觀物動, 閑處看人忙"고 했다.

어지러운 세상을 살피고 또 다스리는데, 마음마저 어지러우면 아니 될 일이다. 자신의 출사가 일신의 문제에 그치는 것이 아님을 알았기 때문이다. 제갈량은 유비가 다시 오기를 기다렸고, 초당에서 잠들 수 있었으며, 유비를 세워놓고 잠꼬대를 할 수 있었다. 제갈량은 한가로움을 잃지 않았다. 하지만 한가로운 잠에서 깨어나 유비의 마음을 알자, 그는 벽에 서천西川 54고을의 지도를 걸어놓고 천하삼분계를 제시한다. 이로써 난마처럼 얽혀 있던 천하의 정세는 비로소 정돈되기 시작한다. 심사원려深思遠慮는 모두 한가함에서 나오는 것이다. 제갈량은 만반의 준비를 갖춰놓고 유비의 태도를 살폈던 것이다.

담박한 마음으로 뜻을 밝히고 　　　　淡泊以明志

고요하게 먼 일을 도모한다 　　　　寧靜以致遠

제갈량의 집에 붙어 있던 글귀는 고요한 마음으로 원대한 일을 꾀하는 그의 마음을 단적으로 대변한다. 뒷날 유비가 동오의 싸움에서 죽고, 조조의 군대가 다섯 갈래로 쳐들어올 때도 제갈량은 한가로이 연못의 물고기를 살피고〔觀魚〕 있었다. 준비가 되어 있으니 분주할 이유가 없음이다. 한 나라의 지도자란 모름지기 어떤 위급한 상황에서도 한가로움과 고요함을 잃어서는 안 된다는 것을 보여준 것이다. 임진왜란 당시 진주성이 포위됐을 때 김시민은 밤마다 악사로 하여금 성벽 위에서 피리를 불게 했으니, 이 또한 한가로움을 보여 성안의 민심을 안정시키고 적을 동요시킨 것이다.(조경남, 『난중잡록』)

1083년 10월 12일 밤, 지금의 호북성胡北省 황주黃州의 유배객 소동파(1036~1101)는 옷을 벗고 잠들려고 하는데 달빛이 문 안으로 들어왔다. 달빛에 취해 흔연히 일어났는데 함께 즐길 사람이 없었다. 그는 근처 승천사承天寺에 이르러 벗 장회민張懷民을 찾았다. 회민 또한 잠들기 전인지라 함께 뜰을 거닐었다. 뜰에는 달빛이 가득했고, 물풀들이 엇갈려 있는 듯했으니, 바로 대나무와 잣나무 잎의 그림자였다. 동파는 이날 밤 승천사의 광경을 이렇게 말했다.

어느 밤인들 달이 없겠으며, 어딘들 대나무와 잣나무가 없으랴만, 우리들처럼 한가로운 이는 적을 것이다.

도합 85자에 지나지 않는 「기승천사야유記承天寺夜遊」의 이야기이다. 동파의 말대로 달과 나무는 물론이고, 이 땅 어디에 간들 승천사만한 절집이 없을 것이며, 누구에겐들 장회민 같은 벗이 없을 것인가! 하지만 이러한 한가함은 언제 어디에나 있는 것은 아니다. 이날 밤의 한가함은 소동파가 얻어낸 것이다.

1708년 봄 눈이 녹자, 설악산 수렴동 계곡에 은거하던 김창흡은 산에서 내려와 영남 여행길에 나섰다. 봄빛이 예쁜 3월 9일 예안의 도산

윤두서, 「목동오수도牧童午睡圖」, 31×51cm, 평양조선미술관 소장.

서원에 도착했다. 이황을 참배하고 유품을 살펴보았다. 선비의 유품이라고 해야 보던 책이며 지팡이 등이 고작이었다. 하지만 대현大賢은 차림새가 요란한 법이 없으니, 그 정신은 외려 그런 소박하고 빛바랜 물건에 배어 있는 법이다. 이날 밤 그는 객실에서 묵었는데 도산서원의 풍치는 이러했다.

> 사당에 참배한 뒤에 서원의 객실에서 쉬었다. 저녁을 먹은 뒤 다시 나서 암서헌巖棲軒에서 옷깃을 여미고 고요히 앉아 있으려니 엷은 구름에 가린 희미한 달빛으로 연못의 수면이 빛나고, 여울 소리와 소쩍새 우는 소리가 어우러져 맑고 또렷하게 들려오는데, 스승님 방에서 기침 소리가 나오는 것만 같았다. 여기서 보고 느끼는 가운데 얻은 것은 백년이 가도 썩지 않을 것이다.

나도 도산서원에서 하룻밤을 묵으며 낙강에 비치는 달빛을 보고, 대바람에 섞여오는 소쩍새 소리를 듣고, 퇴계가 밟았던 곳을 골라 디뎌보고 싶다. 세계적인 부호가 묵는 호텔에서의 일박과 도산서원 객실의 하룻밤을 놓고 선택하라면 나는 주저 없이 후자를 고를 것이다. 부귀영화를 누리면서도 산림의 한 점 청정한 마음을 간직한 이라면 누구라도 그러할 것이다.

빼앗긴 들에 영원히 봄이 오지 않을 것 같은, 암흑이 더 깊어만 가던 시절. 수많은 문인 학사들은 분주히 몸과 마음을 옮겨가며 일제의 영화를 노래하고 전쟁을 찬양했다. 하지만 한용운은 성북동의 북향 집 심우장尋牛莊에서 추위와 굶주림에 시달리면서 끝까지 고요함을 지켰다. 그래서 그의 시는, 「님의 침묵」이든 한시든 정적감과 따스함으로 가득하다. 어디 시조는 아니 그런가! 다음은 그의 「춘주春晝」 두 수이다.

따슨 빛 등에 지고 『유마경』 읽노라니
가볍게 나는 꽃이 글자를 가린다
구태여 꽃 밑 글자를 읽어 무삼하리오.

봄날이 고요키로 향을 피고 앉았더니
삽살개 꿈을 꾸고 거미는 줄을 친다
어디서 꾸꾸기 소리 산을 넘어오더라.

깊은 물은 소리가 없으나 때로 바람이 불면 천 길 파도를 일으킨다. 태풍 전의 잔잔한 바다가 무서운 이유이다. 온유하고 돈후한 사람이 한번 격노하면 세상을 바꾼다. 말없이 고요함을 지키는 사람을 살펴야 하는 까닭이다. 한 치도 밀리지 않고 극악해진 일제와 끝까지 맞섰던 한용운의 힘은 모두 따스한 봄빛 아래 『유마경維摩經』을 읽고 향 피우고 앉아 조는 삽살개를 보는 고요함에 감추어져 있었던 것이다.

이달(1539~1612)은 암자의 한 스님에게 이런 시를 지어주었다. "산이 흰구름 속에 있으니 / 흰구름을 스님은 쓸지를 않네 / 손이 오자 그제야 문이 열리고 / 골짝마다 송화가 익어가누나山在白雲中, 白雲僧不掃. 客來門始開, 萬壑松花老." 신석정(1907~74)은 대바람 소리가 창을 흔들고,

미닫이에 가끔 구름의 그늘이 지는 한옥에서, 국화 향기 흔들리는 좁은 서실을 서성이다가, 눈에 드는 병풍의 「낙지론樂之論」을 읽어도 보다가, 이렇게 읊조렸다. "그렇다! / 아무리 쪼들리고 / 웅숭거릴지언정 / 어찌 제왕帝王의 문에 듦을 부러워하랴."(「대바람 소리」) 이런 맛을 느끼지 못한다면, 아무리 성공한 삶이라도 각박하고 천박함을 면할 수 없다.

고요함과 게으름은 모든 상상력의 원천이다. 고요함을 지키지 못하는 사람과는 문학은 물론 천하의 일을 논의할 수 없다. 한가롭고 고요한 삶은 우리 모두의 꿈이자 권리이며 의무이다. 세상이 복잡하고 삶이 분주할수록 더욱 그러하다. 마음속에서 그걸 찾지 못하고, 문학에서도 그걸 얻지 못하면, 옛 서원의 삐거덕거리는 마루에 앉아보거나, 단청 바랜 산사를 걸어 올라볼 일이다. 그리고 돌아오면 한 점 청정한 고요함과 한가함이 일상에서 그대를 맞이할 것이다.

비애……

숙인 고개와 뒷모습이 감춘 사연들

🍃　김수영은 말했다. 시인은 모든 면
에서 백치가 될 수 있지만, 단 하나 시인을 발견하는 일에서만은 백치
가 아니라고. 시인을 발견하는 것은 시인이라는 말이다. 윤대녕의 소설
「천지간」은 죽음만이 죽음을 알아보는 세상 이치를 잘 보여준다. 병자
의 눈에는 병자가 띄며, 고수는 고수를 알아본다. 마찬가지로 세상의
슬픈 사연은, 마음에 슬픔을 간직한 사람만이 보는 법이다.

1939년 망명지 북유럽에서 브레히트(1898~1956)는 노래했다.

해협의 산뜻한 보트와 즐거운 돛단배들이
내게는 보이지 않는다. 내게는 무엇보다도
어부들의 찢어진 어망이 눈에 띌 뿐이다.

왜 나는 자꾸

40대의 소작인 처가 허리를 꼬부리고 걸어가는 것만 이야기하는가?

— 김광규 옮김, 「서정시를 쓰기 힘든 시대」

브레히트는 평생 순결한 영혼과 맑은 목소리의 서정시를 쓰지 않았다. 이는 그가 세상의 슬픈 사연을 인지하는 데 그치지 않고, 남의 수모를 자기 수모로 받아들이고, 또 사람들의 슬픔을 자기 슬픔으로 느꼈기 때문이다. 똑같은 바다이건만 어부와 유람객의 세계가 명암으로 나뉜다. 그는 가난한 어부의 찢어진 그물이 눈에 밟혀, 돛단배 위의 아름답고 축복받은 세계를 온전하게 받아들일 수 없었던 것이다. 이렇게 나의 슬픔과 세상의 슬픔이 교호하는 가운데서 문학은 태어난다.

예나 지금이나 대부분 문사들의 비애는 우선 생활고에서 발생한다. 자고로 문인 학사의 생활고란 경제적인 궁핍은 물론이요, 자신의 능력이 대접받지 못한다는 심리적인 수모감 때문에 가중되는 법이다. 1786년 정월 박제가는 조선 사회를 뒤흔들 만한 장문의 개혁책을 정조에게 올리면서, 끝에 "특별히 하루 휴가에 말을 받아 쓸 사람 10명을 보내주면 폐부에 담긴 생각을 모두 쏟아낼 것"이라고 기염을 토했다. 임금에게 사자관寫字官 10명을 보내달라고 요구할 만큼 36살 박제가의 흉중에는 조선의 100년 대계가 꽉 차 있었다.

하지만 세상은 미동도 없었고, 박제가는 그 이전이나 뒤나 규장각의 비정규직 말단 서기에 지나지 않았다. 서른 살 즈음에는 읊조렸다. "앉아서 왕도 패도 손에 놓고 논하여도 / 당장에 소금과 쌀 갖추기도 어렵구나坐談王覇易, 立辦鹽米難"라고. 이상과 현실, 경륜과 처지 사이의 거리가 아마득했지만 그래도 아직은 패기가 넘쳤다. 하지만 마흔 살 즈음이 되자 세상사의 원리가 눈에 보였고, 패기를 자극했던 그 거리는 이제 비애감을 증폭시킬 뿐이었다.

> 지사는 쓸쓸하게 늙어감을 슬퍼하고   志士凄凉悲老大
> 초인楚人은 영락하여 꽃향기 탄식하네   楚人搖落歎芳香

그토록 형형했지만 어느덧 체념이 감도는 지사의 눈동자가 눈에 잡힌다. 미국 망명 시절 브레히트도 글을 팔아 극심한 생활고의 일부를 해결하려고 했는데, 그 심정을 이렇게 노래했다. "아침마다 밥벌이를 위하여 / 거짓을 사주는 장터로 간다."(「헐리우드」, 1942) 끊임없이 문학으로 세상을 변혁시키고자 했던 브레히트도 굶주림 앞에서는 글을 써들고 시장에서 값을 흥정해야만 했다.

1735년 1월 조선 왕실에는 오랜만에 왕자가 태어났으니 그가 뒷날의 사도세자이다. 태어난 지 100일 만에 어미 곁을 떠나 내시와 나인들 손에서 자란 사도세자는 부왕 영조의 극심한 불신과 가혹한 꾸중을 들었다. 불안과 공포는 난폭함과 광증狂症으로 표출됐다. 뒷날 난폭한 살생에 대해 묻는 영조에게 사도세자는, "마마께서 사랑해주지 아니 하시기에 서글프고, 꾸중하시기에 무서워 화火가 되기에 그러합니다"라고 대답했다. 혜경궁 홍씨도 남편 사도세자의 문제점이 모두 어려서 자애를 받지 못한 때문이라고 여겼다. 부자 사이의 어긋난 인연은 끝내

1762년 아버지가 아들을 뒤주에 가둬 죽이는 비극으로 이어졌다. 『한중록』의 근원을 거슬러 올라가면, 부자 사이의 대화 불통과 애정 결핍이라는 지극히 일상적인 문제가 놓여 있다.

영조와 사도세자의 관계는, 200여 년의 시대와 대해를 건너뛰어 카프카(1883~1924)의 사연을 떠올리게 한다. 그의 아버지는 자수성가한 상인으로 기골이 장대했다. 반면 카프카는 몸집이 작고 병약했으며 소심했다. 아버지는 늘 카프카를 몰아붙여 부끄러운 마음이 들도록 했다. "난 그 어려운 환경에서도 이만큼 해냈다. 너는 부족한 거 없이 다 해주는데 도대체 하는 게 뭐냐?" 카프카는 수모감에 사로잡혔다. 합리적이고 도덕적 외양을 띤 모욕은, 받은 사람으로 하여금 쉽게 저항하지 못하고 내면화하게 한다. 뒷날 카프카는 아버지에게 쓴 편지에서 자신에게는 세 개의 세계가 있었다고 고백했다. 하나는 노예인 자신이 사는 곳, 다른 하나는 거부할 수 없는 절대 권력인 아버지가 사는 곳, 세 번째는 행복하고 자유롭게 살아가는 남들의 세계이다. 자기 글쓰기의 주제는 모두 아버지라고 털어놓았다.

불일치와 어긋남의 꿈속 광경 같은 사건들의 연속인 『성』에서, 마을과 성 사이, 그리고 K와 클람 사이는 좀처럼 좁혀지지 않는다. 측량사 K는 부단히 클람을 만나려고 한다. 클람 때문에 비비 꼬인 삶의 문제를 풀고 싶기 때문이다. 하지만 잘못 K를 초빙한 성안의 권력자 클람은 K를 피한다. 대신 그는 사람들을 시켜 원론적인 입장을 밝히고, 때로는 실상과는 무관한 공허한 형식치레 말만을 남발한다. 클람은 전능하면서도 불안해하고, 무력한 K는 자의식이 강하여 주변 사람들에게는 냉소적이다. 클람을 만나려는 K의 노력은 난마처럼 자꾸 얽힌다. 클람에 대한 아래 묘사는 카프카에게 있어 아버지의 세계가 어떤 것인지를 짐작케 한다.

클람은 먼 곳에 있었다. 언젠가 안주인이 클람을 독수리에 비교했을 때 어리석은 일처럼 생각이 됐는데 지금은 그렇지 않다. 클람과의 먼 거리, 침해할 수 없는 그의 주거, 아직도 K가 들어본 적이 없는 것 같은 큰소리에 의해서만 깨뜨릴 수 있는 그의 침묵, 위에서 내려다보는 것 같은 확인할 수도 부정할 수도 없는 날카로운 눈초리, 무엇인지 정체를 파악할 수 없는 율법으로 둘러싸인 세력권, 이것은 K처럼 낮은 신분의 사람들이 깨뜨릴 수 없는 것이며 단지 순간적으로 눈에 띌 뿐이었다.

— 김덕수 옮김

K는 물론이고, 하루아침에 갑자기 벌레가 되고(「변신」), 영문도 모른 채 체포되어 심판을 받고(『심판』), 목적지인 성에 끝까지 들어가지 못하고 성 밖에서 배회하는(『성』) 인물들은 모두 카프카의 분신들이다. 카프카의 모든 소설에는 유년기부터 축적된, 수치심에서 비롯된 비애감이 운무처럼 끼어 있다.

18세기 후반 이웃 청나라에서는 『홍루몽』이 탄생했다. 『홍루몽』은 청나라 전성기 금릉金陵(지금의 남경)의 최고 가문인 영국부榮國府의 몰락 과정을 여성 인물들의 생활상을 중심으로 보여준다. 그중에서도 가장 상징적인 인물은 임대옥林黛玉이다. 대옥은 여섯 살 때 엄마를 여의고 외가인 영국부에 보내져 자란다. 원체 병약했던 대옥은 번화한 집안의 한 구석에서 차츰 소외감에 사로잡히게 된다. 그녀는 외사촌 오빠 가보옥賈寶玉과 애틋한 사랑에 빠지지만, 그 사랑은 금기시된다. 소심한 대옥은 더욱 상심하여 고개를 숙인 채 시름에 잠겨 있거나, 까닭 없이 눈물을 흘리기 일쑤였다.

그러던 어느 늦봄 망종芒種 무렵, 집안 여인들은 모두 꽃의 신을 전송하는 화신제花神祭 준비로 여념이 없었다. 대관원大觀園의 꽃나무들은 화려하게 장식되고 분위기는 들썩거렸다. 그 시간 대옥은 남들 눈에 띄지 않는 곳에서 떨어진 꽃잎들을 모아 비단주머니에 담아 장례식을 치러주고 있었다. 그러다가 그것이 마치 자기의 설운 처지와 덧없는 청춘을 조상하는 것만 같아 자기도 모르게 비탄조의 노래를 불렀다. 대옥을 찾던 보옥도 그 노래를 듣고 설움을 이기지 못해 땅에 쓰러져 통곡했다.

대옥의 고운 얼굴도 머지않아 늙어 스러질 것이고, 화려한 대관원도 세월이 지나면 주인이 바뀔 것이다. 봄날이 가고 꽃이 지듯, 영국부는 몰락하고 청춘은 늙어가는 것이다. 하나에서 둘, 둘에서 셋을 생각하자 허무감을 견딜 수 없었던 것이다. 뒷날 사랑을 빼앗긴 임대옥은 스스로 목숨을 끊고, 삶의 허무를 자각한 가보옥은 출가한다. 이보다 앞서 태허환경太虛幻境의 경환선녀警幻仙女는 두 사람의 운명을 "깨우친 이는 불문에 몸을 숨기고 / 어리석은 자는 헛되이 목숨 버리리看破的遁入空門, 痴迷的枉送了性命"라고 예언했는데, 이것이 곧 『홍루몽』의 주제이다. 『홍루몽』의 비애의 근원은 허무이다.

프란츠 파농(1925~61)은 "식민지 사회는 본질적으로 병적이고 신경

고흐, 「슬픔」, 1882년, 38.5×29cm, 암스테르담, 반고흐미술관 소장.

증 사회이며, 이는 개인에게 그대로 전이된다"고 했다. 『예기禮記』는 "망한 나라의 음악은 슬프면서 옛일을 떠올리니, 그 백성들이 괴롭기 때문亡國之音, 哀以思, 其民困"이라고 말한다. 이들 말대로라면, 식민지 현실을 회피하지 않은 우리 문학은 본질적으로 병적이며 슬플 수밖에 없다. 망국의 망명자 신채호(1880~1936)는 백두산을 찾아가는 길에 이렇게 읊조렸다.

> 인생살이 마흔이 너무나도 지리해라 　　人生四十太支離
>
> 가난과 병 이어져 잠시 아니 떨어지네 　　貧病相隨暫不移
>
> 그중 가장 한스러운 건 물과 산 다한 곳에서도 　最恨水窮山盡處
>
> 목 놓아 통곡하고 노래하지 못함일세 　　任情歌哭亦難爲

물길이 바다에 닿고 하늘 찌른 산꼭대기에 올랐어도 망국의 지식인은 마음껏 노래하지도 목 놓아 통곡할 수도 없었다. 신채호는 터져나오는 비탄도 흘러내리는 피눈물도 도로 삼킬 수밖에 없었다.

일제 말 정지용은 당대의 문학에 있어 '지용의 시'와 '상허의 산문'을 쌍벽으로 꼽았다. 상허尙虛는 이태준(1904~?)의 호이다. 그 말대로 이태준의 문장은 간결하면서도 함축이 풍부하고, 예스러운 격조를 지키면서도 현실을 응시하는 시선이 살아 번뜩인다. 이러한 문장상의 성취보다도 소중한 건, 일신의 영달을 위해 경박하게 글을 팔지 않은 것이고, 식민지 백성들의 비참한 생활상을 잠시도 외면하지 않았다는 사실이다.

그의 단편에는 식민지 치하에서 전락에 전락을 거듭하는 농민·노동자·작부·어린이·지식인의 애처로운 모습이 너무도 생생하게 그려져 있다. 남산에서 딸에게 주기 위해 무심코 벚꽃 가지를 꺾었다가 느닷없이 따귀를 맞는 도시 노동자(『봄』, 1932)나, 조선 백성과 서양인에게서 차례로 모욕을 당하고 파고다공원에서 잠을 자다가 갑자기 순사에게서 목덜미를 얻어맞고 달아나는 고아 소년(『점경點景』, 1934)은 영락없는 식민지 조선 백성들의 자화상이다. 브레히트가 찢어진 어망에서 눈을 떼지 못했던 것처럼, 이태준은 식민지 조선 백성들의 슬픈 삶을 외면하지 못했던 것이다. 이웃의 슬픔을 보지 못한다면 도대체 그 문학을 어디에 쓸까?

세상엔 나를 슬프게 하는 것들이 참 많다. 앞에 달리는 자동차의 창밖으로 담배꽁초를 버리는 손이 나를 슬프게 한다. 자정 넘어 학원 버스에서 내리는 학생들의 발걸음이 나를 슬프게 한다. 영양실조에 걸려 카메라를 바라보는 이국 아이들의 눈망울이 나를 슬프게 하고, 해외로 입양되어가는 아기의 천진한 표정도 나를 슬프게 한다. 표절과 무식과 폭력이 예쁜 옷을 입고 뽐내는 세태가 나를 슬프게 한다.

그중에서도 나를 가장 슬프게 하는 것은 그 말에 담긴 끔찍한 비극을 뻔히 알면서도 오로지 자기 권력과 이익을 위해 좌익이니 빨갱이니 하는 말들을 교묘하게 내뱉는 사람들이다. 이보다 더 나를 슬프게 하는 건, 그런 사정도 모르면서 앵무새처럼 그 말들을 되풀이하는 사람들의 천진함이다.

죽음......

어둠을 상상하여 새로운 빛을 빚어내다

무서운 깊이 없이 아름다운 표면은 존재하지 않는다.

니체(1844~1900)가 바그너에게 보낸 『비극의 탄생』 최초의 서문에서 그리스 예술을 가리켜 한 말이다. 숲속에 맑은 호수가 있다. 어둠이 걷히고 햇빛이 비치자 호수의 표면이 아름답게 반짝인다. 손을 넣으면 호수 바닥의 자갈을 건져 올릴 수 있을 듯하다. 하지만 햇빛에 반짝이는 표면의 아름다움은 실상 가늠할 수 없는 무서운 깊이 때문에 가능한 것이다. 나는 니체의 말에서 '무서운 깊이'와 '아름다운 표면'을 각각 '죽음'과 '삶'으로 바꾸어 이해한다. 출생의 근원을 따져보면 문학이란 거개가 죽음을 둘러싼 의혹·호기심·두려움·회고·그리움·깨달음·소문 등에서 태어난다.

카뮈의 『이방인』은 "오늘 어머니가 세상을 떠났다"는 문장으로 시작한다. 이후 어머니의 죽음을 둘러싸고 개인의 실존과 사회적 관습 사이의 부조리가 펼쳐진다. 막심 고리키의 자전소설 『어린 시절』의 첫 장면은 어두워진 좁은 방 창문 옆 마루 위에 수의를 입고 누워 있는 아버지의 시신에 대한 묘사이다. 이 장면은 음울했던 고리키의 어린 시절 전반을 표상한다. 『닥터 지바고』의 첫 장면은 「편히 쉬시옵소서」를 부르며 가는 어머니의 장례 행렬이다. 이로부터 12년 뒤 예비 장모의 죽음 앞에서 감수성 예민한 24살 청년 의학도 지바고는 생각한다.

> 예술에는 언제나 두 가지의 끊임없는 관심사가 있음을 분명히 깨달았다. 예술은 항상 죽음을 상상하며 또 이것으로 항상 삶을 창조하는 것이다.
>
> ─ 오재국 옮김

10년 전 겨울 술에 취해 몇 정거장 지나서 버스를 내린 적이 있다. 집에 가기 위해서는 긴 둑길을 걸어야 했다. 다리 저는 나귀처럼 터덜터덜 걸어가다가 문득 달을 보았다. 싸늘한 겨울 하늘에 아직 보름이 되기 전의 달이 빛나고 있었다. 달의 한쪽 불룩한 모양이 임부의 배 같다고 느꼈다. 거기엔 이승에 없는 사람이 살고 있었다. 그리움에 사무쳐 눈물이 나왔다. 집에 돌아와 확인하니 그날은 음력 열 이튿날이었다. 시 한 구절을 얻었다.

열 이튿날 달은 임부의 배

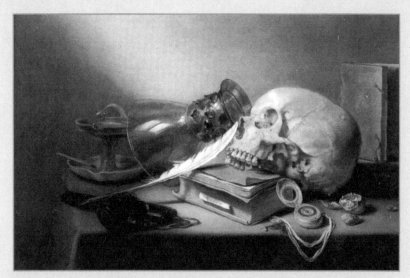

피터 클라에즈, 「바니타스 정물화」, 1645년, 39×61cm, 개인 소장.

그리움을 잉태하고 있다.

우리 문학사는 '죽음의 충격'으로부터 시작한다. 뱃사공 곽리자고가 새벽에 배를 손질하고 있는데, 흰 머리를 산발한 미친 사람이 술병을 끼고 거센 물결을 가로질러갔다. 그의 아내가 따라가며 말렸으나, 끝내 남자는 빠져죽고 말았다. 그의 아내는 공후箜篌를 뜯으며 슬픈 노래를 부르더니 또한 물에 빠져죽고 말았다. 「공무도하가公無渡河歌」에 얽힌 사연이다.

여보 물을 건너지 마오	公無渡河
당신은 그예 물을 건넜네	公竟渡河
물속에 빠져죽고 말았으니	墮河而死
아아 당신을 어이할거나	當奈公何

수사라고는 찾아볼 수 없는 넋두리에 가까운 노래이다. 하지만 이 짧은 노래에는, 건너지 말라는 마음과 건너고 마는 행동 사이에 원초적 긴장이 팽팽하고, 긴장은 끝내 물을 건너다 빠져죽는 강렬한 파탄으로 깨진다. 남는 것은 체념이다. 순간적으로 형성됐다 끊어지는 강렬한 긴장과 파탄은 이어지는 그녀의 죽음으로 더욱 강화된다. 상황만 다를 뿐 세상의 수많은 죽음을 둘러싸고 벌어지는 일들이 대개 그러하다. 이 단순한 노래가 수많은 사람들의 심금을 울리며 오늘 우리에게까지 전해지고 있는 이유이다.

죽음은 서서히 다가와 우리를 충격과 혼란에 빠뜨리고 유유히 사라진다. 죽음과의 거리에 따라 사람들의 정서적 반응은 공포와 불안에서, 당혹감과 공허감을 거쳐, 회고와 그리움으로 달라져간다. 죽음이 꼬리를 감추고 사라지면서 죽음은 우리 삶에 내면화된다. 사람들은 삶에서 죽음을 읽고, 죽음을 전제로 삶을 통찰하기 시작한다. 그때부터 호수의 표면이 반짝이듯 삶은 비의를 지니고 아름다워진다.

옥모가 희미터니 보매 문득 없기에	玉貌依稀看忽無
깨어보니 등 그림자 저 홀로 외로워라	覺來燈影十分孤
가을비에 놀라 깰 줄 진작에 알았다면	無知秋雨驚人夢
창밖에 벽오동을 심지는 않았으리	不向窓前種碧梧

죽은 아내를 애도하는 이서우李瑞雨(1633~89)의 「도망悼亡」이다. 꿈결에 아내의 얼굴이 흐릿하게 보이기에, 똑바로 보려고 눈을 번쩍 떠보니 호롱불만 저 혼자 깜박거리고 있다. 등 그림자가 외로운 게 아니라 혼자 남은 자신이 외로운 것이다. 창밖에서는 오동잎을 때리는 가을비 소리가 요란하다. 빗소리가 아니었다면 아내의 얼굴을 더 볼 수 있었을 것을. 애꿎게도 벽오동 심은 것을 후회하나, 사실은 그것도 아내가 딸을 낳았을 때 심은 것이 아닐까. 이렇게 애틋한 사연들을 예거하자면 3년 밤낮을 꼬박 이어도 끝이 없을 것이다.

1849년 29세의 도스토예프스키는 불온 서클에서 활동한 죄목으로 당국에 체포됐고, 군법회의에서 사형을 선고받았다. 죄수들 모르게 사형 판결이 번복됐다. 죄수들은 마차로 처형장에 옮겨졌다. 사형 선고문이 읽혀지고 사제는 십자가를 들고 마지막 참회를 말하라고 했다. 죄수들은 순서대로 줄을 서서 총살을 기다렸다. 이때 황제의 사자가 들어와서 사형 중지를 명했다. 일종의 연출이었다. 도스토예프스키는 죽음을 면하고 감옥으로 돌아왔지만 이때의 충격을 잊지 못했고, 소설 속에서 집요하게 죽음의 문제에 집착한다.

『백치』에서 므이시킨 공작은 프랑스에서 목격한 사형 장면을 이야기하며, 사형 선고를 내리고 사람을 죽이는 것은 강도의 살인에 비해 훨씬 가혹한 짓이라고 말한다. 희망의 여지가 없기 때문이다. 재미난 그림 소재를 들려달라는 에판친 장군의 막내딸 아글라야에게는, 길로틴이 떨어지기 1분 전 사형수의 얼굴을 그려보라며, 사형당하는 사람의 심정을 곡진하게 이야기해준다. 십자가에 못 박힌 예수의 고통에 일그러진 인간적인 표정을 담은 그림을 소개하기도 한다. 도스토예프스키 소설의 주인공들은 모두 '나는 고통스럽다. 고로 나는 존재한다'는 명제를 구현하는 병적인 인물들인데, E. H. 카는 그 병적인 비정상의 근원을 그날의 사형 체험에서 찾았다.

얼마 전 타계한 박경리는 『토지』 대서사를 잉태한 씨알에 대해 털어놓은 적이 있다. 어릴 적 외할머니에게서 들었던 이야기이다. 거제도 어느 곳, 끝도 없는 넓은 땅에 누렇게 익은 벼가 그냥 땅으로 떨어져내릴 때까지 거둘 사람을 기다렸다. 하지만 그때는 이미 호열자가 사람들을 데리고 간 뒤였다. 외가 사람들이 다 죽고 딸 하나가 남아 집을 지켰는데, 뒷날 그녀가 어느 객줏집 부엌에서 지친 표정으로 일하는 모습이 목격됐다. 박경리는 "삶과 생명을 나타내는 벼의 노란색과 호열자가 번져오는 죽음의 핏빛"이 젊은 시절 내내 머리에서 떠나지 않았다고 했다. 『토지』는 죽음에 대한 상상에서 잉태된 것이다.

『토지』는 1897년 한가위 날의 흥겨운 굿놀이에서 출발한다. 하지만 이 밤이 지나면 달은 차츰 기울어갈 것이다. 앞에서 기다리고 있는 것은 어둠과 겨울이다. 그것은 죽음의 세계이다. 그래서인지 한가위 밤 묘사는 음산하다. 한가위를 두고는 "태곳적부터 이미 죽음의 그림자요, 어둠의 강을 건너는 달에서 연유된 축제가 과연 풍요의 상징이라 할 수 있을는지?"라고 물음표를 달았다. 가을 들판의 잔해 위를 검시檢屍하듯 맴돌던 찬바람은 사람들 마음에 부딪혀와서 서러운 추억의 현을 건드려준다. 현이 울리는 것은 흉년에 초근목피를 감당 못하고 죽어간 늙은 부모, 돌림병에 약 한 첩을 써보지 못하고 죽인 자식을 거적에 말아서 묻은 동산, 민란 때 관가에 끌려가서 원통하게 맞아죽은 남편 등의 사연이다. 죽음 아닌 것이 없다.

을씨년스러운 한가위 날의 풍경만큼이나 『토지』의 앞머리에 등장하는 인물들의 삶은 음산하다. 바튼 기침을 토해내는 파리한 안색의 최치수, 동학 접주 김개남의 아들을 몰래 낳고 평생 죄의식 속에서 살아가는 윤씨 부인, 다섯 살에 엄마로부터 버림받은 다섯 살의 서희, 출신 내력을 모르는 길상, 슬픈 내력을 말할 수 없는 구천, 어릴 때 보았던 맞아죽은 종의 큰 발을 환상처럼 안고 사는 봉순네, 무기巫氣가 있어 소꿉장난을 하면서도 객귀客鬼 물림을 하는 봉순이, 죽음을 기다리는 바우할아범 등이 풍기는 분위기이다. 이는 최참판집 식구들은 물론이고 앞으로 조선 백성들이 겪어야 할 죽음의 의례를 암시하는 것이다.

더구나 박경리는 『토지』 연재를 시작한 지 두 해가 못 된 1971년 암 선고를 받고 수술을 받는다. 『토지』는 죽음의 그림자를 벗어나기 어려웠다. 하지만 죽음에서 비롯했기에, 삶에 대한 깊은 통찰과 강렬한 희망이 이후 『토지』의 세계를 일관한다. 처음부터 끝까지 통독해보라. 『토지』에 허투루 죽는 사람이 있는지, 함부로 목숨을 빼앗는 일이 있는지? 표독한 귀녀의 죽음에도, 묘향산 어느 골짝에서 죽는 별당아씨의 처량한 죽음에도, 거기에는 마냥 미워하거나 손가락질할 수 없는 생명감과 정당성이 깔려 있다. 『토지』에 등장하는 수많은 인물들의 아름답고 활력 넘치는 삶을 가능하게 한 것은 바로 죽음의 인식에서 비롯된 '무서운 깊이'이다.

"어둠은 새를 낳고, 돌을 낳고, 꽃을 낳는다."(박남수, 「아침 이미지」) 빛은 어둠에서 나온다. 크게 의심하지 않으면 크게 깨닫지 못한다는 철인의 말대로 무지는 자각을 낳고, '돌아온 탕아'처럼 죄악은 구원을 낳는다. 절망은 희망을 낳고, 무지는 지식을 낳고, 이별은 사랑을 낳는다. 마찬가지로 죽음에 대한 상상이 새로운 삶을 잉태하고 낳는다.

고독······

등불 앞에서 만고를 떠도는 마음

🦋 얼마 전 덴마크의 연극배우 카이 에릭 브레드골트가 한국을 찾았던 결정적인 이유는 김홍도의 풍속화 「서당」에서 느낀 동질감 때문이었다고 한다. 그는 선생과 아이들이 웃고 있는 가운데 혼자 울고 있는 아이에게서, 어릴 때부터 학교에 적응하지 못하고 방황했던 자신의 모습을 발견했다고 했다. 이제껏 관습적으로 웃고 있는 아이들이나 선생의 입장에서 그림을 보아왔던 우리와는 사뭇 다른 입장이다. 어쩌면 우리는 모두 패거리가 되어 울고 있는 한 학동을 조롱해왔고, 이러한 태도가 오늘날 우리 학교의 현실을 만든 것인지도 모르겠다.

일본의 대표적인 우익작가였던 미시마 유키오三島紀由夫(1925~70)의 『금각사金閣寺』(1956)는 중의 아들로 몸이 허약했던 미조구치溝口의 성장 이야기이다. 미조구치는 심한 말더듬이였다. 그는 말을 하려고 할 때마다 첫 발음이 나오지 않았다. 최초의 발성은 바깥 세계의 문을 여는 열쇠였는데, 그는 그 문을 열지 못했던 것이다. 아이들은 놀려댔고, 그는 자기 안에 갇히고 만다. 자기 안에서 그는 역사 속의 폭군에 마음이 끌렸고 원숙한 대예술가를 상상했다. 뒷날 그는 불멸의 아름다움을 상징하는 금각사에 불을 지른다. 미조구치 이야기는 극단의 고독감이 어떻게 만들어지며 어떤 결과를 자아내는지를 잘 보여준다.

김홍도의 「서당」에서 울고 있는 학동과 『금각사』의 어린 시절 미조구치는 교실에서 여러 아이들의 조롱을 혼자 감당하고 있다는 점에서 동일하다. 울고 있는 학동의 존재는 웃음으로 버무려지면서 대상화되어버렸고, 미조구치는 열패감과 고독감 속에서 자기 안의 집착과 상상력을 증폭시켰다는 점이 다를 뿐이다. 이들의 고독이 어떻게 해석되고, 또 어떻게 발전하는가는 별개의 문제이다. 우리는 그 시비와 선악을 따지기에 앞서, 고독 그 자체에 더 주목할 필요가 있다. 벽안의 이방인에 의해 그림 속 울고 있는 학동의 고독이 발견됐다는 것은, 우리가 사회 또는 교육 현상의 하나인 소외와 고독에 무심했다는 반증은 아닐까?

연대감이 끊어지고 소속감이 깨지며 혼자 남는 순간 자신과 세상은 온전한 모습을 드러낸다. 우리는 어느 날 불쑥 나타난 자신을 앞에 두고 속삭이듯 말을 건넨다. 성큼 내 앞을 가로 막아선 세상은 자신의 이야기를 들려준다. 문학이란 그때 자신에게 속삭인 말씀이고, 세상이 들려준 이야기이다. 그래서 자기 호흡소리를 벗 삼아 뛰는 마라토너, 외줄기 길, 조각구름 한 점, 들판의 한 그루 나무, 작은 암자의 수행자,

승부의 분수령에서 투수 교체를 고민하는 야구감독, 수술실에 들어가는 환자, 링 위의 격투기 선수, 여행 가방을 끌며 혼자 내린 여행객 등은 모두 문학의 표상이다. 고독에서 태어나지 않는 문학은 없다.

천제의 아들이요, 하백河伯의 외손인 주몽은 신격神格이다. 주몽과 사람 사이에서 태어난 유리는 반인반신半人半神이다. 불우하게 어린 시절을 보낸 유리는, 아버지가 떠나면서 남긴 수수께끼를 풀어 아버지도 만나고 왕위도 잇는다. 하지만 이런 유리도 두 아내의 다툼을 말리지 못했고, 치희가 떠나간 자리에서 암수 어울리는 꾀꼬리를 보며 회한에 젖는다.

포르릉 나는 저 꾀꼬리	編編黃鳥
암수 서로 어울려 나네	雌雄相依
나는 이리 홀로 남았으니	念我之獨
누구와 함께 돌아갈거나	誰其與歸

—「황조가黃鳥歌」

이 노래의 시발점은 이별이지만, 무게 중심은 3구에 드러나는 고독감에 놓여 있다. 신의 아들이자 일국의 제왕인 유리도 한 여인이 떠나고 남긴 자리의 공허감을 이기지 못해 한탄조의 노래를 불렀다. 그의 아버지는 그렇지 않았다. 태어날 때도, 어머니 곁을 떠날 때도 주저함이 없었으며, 떠난 뒤에도 두고 온 아내를 그리워하는 감정을 보이지 않았다. 그는 하늘의 뜻을 구현하는 신이었기 때문이다. 하지만 사람의 피를 받고 태어난 유리에게는 고독감이 밀려왔으며, 그는 그 감정을 이기지 못해 노래를 불렀다.

고독은 사람의 숙명이고, 따라서 문학은 사람의 혈연이라는 사실을 「황조가」는 보여준다. 문학사는 이 명제의 부연과 변주의 과정이다. 매창梅窓의 "거문고에 강남곡을 얹어보지만, 내 그리움 물어줄 사람이 없네綠綺江南曲, 無人間所思"는 버려진 여인의 외로운 심사를 표출한 것이다. "언제부턴가 갈대는 속으로 / 조용히 울고 있었다"(신경림, 「갈대」)나, "울지 마라 / 외로우니까 사람이다 / 살아간다는 것은 외로움을 견디는 일이다"(정호승, 「수선화에게」)는 존재론적 고독을 노래한 것이다. "해삼 한 토막에 / 소주 두 잔 / 이 죽일 놈의 고독은 취하지 않고"(이생진, 「고독」)는 고독이 인생과 쌍생아임을 갈파한 것이다.

물나라에 가을빛 저물어가니   水國秋光暮

추위 놀란 기러기 떼 진을 쳐 높이 나네   驚寒雁陣高

시름에 이리저리 잠 못 드는 밤   憂心輾轉夜

새벽달 활과 칼을 비추어드네   殘月照弓刀

— 「한산도야음閑山島夜吟」

한산섬 달 밝은 밤에 수루戍樓에 홀로 앉아

긴 칼 옆에 차고 깊은 시름 하는 차에

어디서 일성호가는 남의 애를 끊나니

이순신의 작품이다. 휘하의 장졸들과 생사를 함께 하되 전략을 세우고 판단을 내리는 일을 함께 할 수는 없는 일이다. 의견은 나누되 결정은 혼자서 해야 한다. 내 생각의 한 치 어긋남은 군사들의 죽음으로 이어지고, 국가의 위기로 치달릴 것이다. 높이 줄지어 나는 기러기 떼는 군대의 진을 연상시키고, 새벽달은 방에 들어 활과 칼을 골라 비추며, 어디선가는 전장의 신호음인 뿔피리 소리가 울려온다. 전략 수립에 골몰한 장수의 눈에 들고 귀에 들리는 것 모두 군사의 일 아님이 없다. 밤이 깊어갈수록 장수의 머릿속은 맑아진다. 이 시를 제대로 이해하기 위해서는 먼저 진중 장수의 마음을 얻어야 한다.

영국의 비평가 콜린 윌슨은 앙리 바르뷔스의 소설 「지옥」에 나오는 한 구절 "나는 너무 깊이 그러면서도 너무 많이 보는 것이다"를 주목하여 아웃사이더(방외인)의 특질을 집어낸 바 있다. 그에 따르면 아웃사이더란 깨어나 질서의 이면에 감추어진 혼돈을 본 자이다. 이들은 진실을 말하는 순간, 애꾸눈의 나라에서 두 눈을 가진 사람처럼 비정상적인 고독자가 될 수밖에 없다. 무당이 신과 소통하면서 사람들 사이에서 외롭듯, 남들이 보지 못하는 진실이 눈에 보이는 사람은 외톨이가 될 수밖에 없다.

최치원은 당나라에서 이방인 소수자의 설움을 겪었다. 청운의 꿈을 안고 귀국했지만 신라 말 부패한 사회는 그를 용납하지 않았다. 세상을 용납하지도 세상에 용납되지도 못한 최치원은 들판에 핀 작고 여린 패랭이꽃에서 자신의 모습을 발견했고, 가을바람에 밤늦도록 잠들지 못하며 "등불 앞에서 만고를 떠도는 마음"을 읊조렸다. 이런 그의 처

이인상, 「송하독좌도」, 1754년, 80×40cm, 평양조선미술박물관 소장.

지는 전기傳奇 「최치원」에 잘 그려져 있다. 당나라에서 지방관으로 전전하던 최치원은 율수현溧水縣(지금의 강소성江蘇省 고순현高淳縣 고성진固城鎭 이가촌李家村)에서, 뜻에 맞는 짝을 구하지 못하고 죽은 자매 귀신과 만나 하룻밤 사랑을 나눈다. 귀신을 보고, 귀신의 인정을 받고, 귀신과 이야기를 나눔은 인간 세상에서 그가 겪은 고독감을 역으로 보여준다.

김시습의 『금오신화』 다섯 편 소설의 주인공은 20세 미만의 재자才子이다. 사건이 일어나는 시간은 모두 어스름한 저녁이나 밤이고, 공간은 용궁이나 염라국 같은 이계異界이다. 주인공은 어둠의 시간 이계 여행이나 신비체험을 통해서 능력을 인정받고 사랑을 성취한다. 그러나 이는 지속될 수 없는 순간의 만남이고, 공인받을 수 없는 자기 안의 체험이다. 어둠이 가시고 이계에서 돌아온 주인공은 절망하고, 고독감에 시달리다가 세간에서 종적이 사라진다. 김시습의 삶을 염두에 두면, "안개 낀 깊은 골짝 인적은 없는데, 이따끔 뫼꽃 있어 나를 향해 피었구나深深煙墅無人迹, 時有山花向我開"와 같은 시구는 꽃과의 일체감이 아니라, 뫼꽃 말고는 교감할 수 없는 고독감의 표현이다.

장 타루는 의사 리외를 도와 페스트 환자 구호에 전념하는 한편, 페스트 유행 초기부터 도시 사람들의 미묘한 변화를 예의 주시하여 꼼꼼하게 기록한다. 사람들은 그가 어디서 왔고 왜 그렇게 구호 활동에 열심인지 모른다. 어느 날 타루는 리외에게 고백한다. 그는 어린 시절 '피고'라는 추상적 이름에 갇히지 않은 '살아 있는' 죄인의 모습을 보았고, 아무렇지도 않게 사회의 이름 아래 그의 죽음을 요구하는 검찰 차장 아버지의 목소리를 듣고 충격에 빠졌다. 이후 그는 살아 있는 동안 자기도 모르게 수천 명 인간의 죽음에 동의했고, 그러한 죽음을 가져오게 했던 행위나 원칙들을 선善이라고 인정함으로써 그러한 죽음을 야기하기조차 했다는 것을 깨닫고 괴로워했다. 사람들은 자칫하면 잠시 마음을 놓고 있는 동안에 남의 얼굴에 입김을 뿜어서 병균을 옮겨주고 마는 페스트에 걸려 있는 것이다.

사람들은 자기도 모르게 페스트균에 감염되고 또 전염시킨다. 여기서 페스트는 아무렇지도 않게 사람들을 죽음으로 몰아가는 사회의 이론과 도덕과 관습을 상징한다. 페스트에 걸린 병자들처럼, 온전하게 보이는 사람들은 기실 폭력을 정당화하고 살인을 미화하는 관념에 젖어 있는 것이다. 장 타루는 이를 깨닫고 그러한 행위에 동참하기를 거부했다. 하지만 그에게 돌아온 것은 사회로부터의 추방과 고독이었다. 사람들은 표면에 만족할 뿐 굳이 깊은 진실을 알려고 하지 않는다. 더 절망적인 것은 바로 그들이 권력을 가지고 역사를 만들어간다는 사실이다. 장 타루는 그 거대한 힘과 싸우기로 한다. 그는 끝내 페스트에 걸려 죽는다. 이는 깊은 진실을 본 개인의 패배를 의미한다. 하지만 그의 생각은 리외에게 전해졌고, 리외는 그 사실을 기록한다. 그는 승리하지 못했지만 그렇다고 전적으로 패배한 것은 아니다.

카뮈의 『페스트』(1947) 이야기이다. 불가항력의 페스트에 대하여 무력하지만 성실하게 맞서는 장 타루와 리외의 이야기는, 그럴듯한 논리로 인류에게 내면화되어 있는 폭력과 착취와 살인을 인지하고 거기에 맞서는 것이 얼마나 외롭고 힘든 일인지를 잘 보여준다. 비슷한 시기 김수영은 "자유를 위해서 / 비상하여본 일이 있는 / 사람이면 알지

······어째서 자유에는 / 피의 냄새가 섞여 있는가를 / 혁명은 / 왜 고독한 것인가를"(「푸른 하늘을」, 1960)이라고 노래했다. 사람들은 자유에서 자유를 볼 뿐이다.

　온갖 연줄이 판치고 패거리가 지배하는 사회이다. 문학판도 예외가 아니다. 대부분의 문학인들은 관계와 연대를 중시하는 관습 속에 함몰되어 있다. 떼로 몰려다니며 자기들끼리 치켜세워주고, 또 끼리끼리 어울리며 서로를 위로하고 불만을 공유한다. 그러니 거기서 나오는 문학이래야 그만그만한 재담이나 덕담에 지나지 않는다. 얄팍한 재주가 거래되고 가벼운 상상력이 난무한다. 말의 무게를 떨어뜨리는 것도 문학이고, 말의 무게를 늘이는 것도 문학이다. 문필을 잡은 이라면 독자와 출판사와 평론가와의 안이한 연대를 끊고 홀로 자기 속에 침잠하여 사유를 단련하고 도서관에 파묻혀 공부를 할 때이다.

　　시인의 언어는 기대지 않는다
　　그의 언어는 수직으로 선다
　　중천에 얼어 있는 눈부신 햇살처럼
　　외로움의 절벽으로 스스로를 지키는
　　섬.

　　　　　　　　　　　　　　　— 허만하, 「장미의 언어·언어의 가시」